文芸社セレクション

陽だまりの中の俺!!
もっか奮闘中！

宮本 隆彦

MIYAMOTO Takahiko

文芸社

はじめに

令和五年四月二十三日の事である。当時八十歳の高齢者四人が六十二年ぶりに松阪市にある本居庵（自然薯をテーマにした和食店）で再会した。

この四人とは高校時代の同窓生でもある。令和四年十一月半ば堀坂《ほっさか》下ろしの寒い風と共に我が家の前に見知らぬ男K君が突如現れた。話してみると、なんとなく気が合い彼の年齢を聞くと私と同じ昭和十八年（一九四三年）生まれだという。しかも彼は高校時代私と同じ学び舎で三年間を過ごした学友であるということが分かった。残念ながら高校時代の彼との接点はまるで記憶がなかったが、彼との話の中で高校時代の思い出が走馬灯のように現れるにはそう時間はかからなかった。

ちょうど私が第一作「陽だまりを求めて」の第二弾として「陽だまりの中のよっさん」を令和五年二月に東京の文芸社から出版していた時期で、K君と知り合ってから次々と幸運の縁《えにし》が私の前に集まってきた。

例えばKくんがある日、近鉄鈴鹿駅を歩いていた時、ベンチで涙を流している初老の女性を見つけた。手に持っている本を見て、どうも君が出版した本に似ている。何故か嬉しくなって、その女性に声をかけてみた。話を聞くと彼女には自閉症の子供を持つ妹がいて、妹も同じように苦労してるのかと思ったら身につまされ自然と涙が流れていたという。わずかな発行部数の私の本を彼女が購入されたことは奇遇だが、K君が私の本を持つ女性と会ったのも凄い縁である。

その数日後今度は、近鉄電車の車中でお前の出版が書かれた毎日新聞を読んでる女性を見つけて声をかけ仲良くなったよと。

私の本を通じて、こんな嬉しいことがK君の周りで度々起こりその話が私にもたらされた。バレンタインの時は「愛読者から」とチョコレートが届けられたり「先生と飲んで」とコーヒー缶が届けられた。

このK君は高校時代文芸部の部長をしていたが、彼の友人のT君が第一作「陽だまりを求めて」を読み、その中に書かれていた私と一緒に施設作りに奔走した私の相棒（主役）が彼の中学時代の大親友だという素敵な縁も判った。

学生時代K君が文芸部部長、T君が新聞部部長で二人は親友だったが当時の私は帰宅部でK君ともT君とも付き合いがなかった。二人の繋ぎ目にもなる三番目のA君は学校が終わると何故か？　毎日私の家にやってきては一日過ごす仲で学生時代から今日まで縁が一度も切れることがなく六十二年間続いていた。驚いたことにそのA君が新聞部の副部長をしていたという事がこの本を通じて初めて知った。この三人は私が帰宅部と称してぶらぶらしていた頃、文才を活かして物書きをしていた仲間だったという。

K君のお陰で、四人はこうして結びつき彼らの線状から多くのご縁が生まれてくるようになった。そしてこの本の縁で八十歳にして四人会という友情の縁が出来、四人で食事をしようという事になった。

まとめ役はもちろんK君である。

食事を前に四人会の乾杯と私の本の発売を祈念して「乾杯」「乾杯」「乾杯」「乾杯」と盃の音が高らかになった。

「宮本の本のお陰でこうして四人が六十二年ぶりに再会できた、こんな素敵なご縁があるのだろうか」と三人は口を揃えて言うが、私はこの素敵な幸運は彼ら三人のお陰だと心より感謝している。これからもこのご縁を大切にしていきたい。

友情に乾杯、四人会に乾杯！

目次

陽だまりの中の俺!!　もっか奮闘中!

序章（プロローグ）　懐かしのレンチのサナへ!　いや、れんげの里へ!

「のじり〜、のじり〜」懐かしい車内のスピーカーで、俺ははっと目が覚めた。運転手と俺だけしか乗ってない相変わらず静かな三重県奥伊勢を走る紀勢線のワンマン列車、自分が希望した心温かい新天地への期待と、心地よいディーゼル機関車のエンジン音が気分よく、ついつい乗り越すところだった。

「やばい〜」慌てて飛び降りた駅、三重県の度会郡《わたらい》にある鈍行列車しか止まらない小さな駅「野後《のじり》」、運転手が「おーい、兄ちゃん、兄ちゃん!　切符、切符!」と窓から顔を出して大声で俺を呼ぶ。

相変わらず列車も運転手だけで、俺以外は乗客も乗っていない無人の列車なら、俺が降りたこの駅も人っ子一人いない無人駅。今まで廃駅にもならず、よくぞ俺の為にまだ残っていてくれたと、ほんま感謝やで。

ひんやりする待合室は四年前とぜんぜん変わっていない。「やっと来たぞ」四年ぶりに、この地についた感激と喜びをひしひしと感じる。

思えばレンチのサナ、いや！「れんげの里」の実習を終え俺が大阪に帰る時、よっさんの脱走騒動があって、彼を見つけた場所が、このひんやりとした待合室だった。

レンチのサナ！って妙な名前やけど、これは奥伊勢にある自閉症者（児）の施設の名前、ホンマは「れんげの里」が正しいが、俺の高校の時の担任の先公高橋が渡してくれたメモに書かれていたのがレンチのサナやった。高橋先生の字が読みづらい字でレンチのサナと読めたのや（詳しくは第二弾の「陽だまりの中のよっさん」を読んでくれ）。

よっさんは待合室の端の方で黙って座って俺を待っていた。一瞬俺と目が合ったが、彼は自閉症、あとはまるで他人事のように目の視線は他を見ていた。はたして、よっさんは、俺の事を覚えていてくれてるだろうか、それとも視線をそらして「隆司《たけし》くん卒業した」と冷たく俺を見て言うのだろうか？

駅を出て外に出たが、やっぱりこの町は、人っ子一人もいない、遙宮町は相変わらず三年前と少しも変わっていないわ、変わったのは周りの民家が四年分朽ちたぐらいなのだろうか、何か全体に色あせたようにも感じる。

空は相変わらず「めっちゃ青い!」と四年前に感激したあの澄みきった空が、今日も俺を迎えてくれた、空気も変わらない「めっちゃうまいわ」。

今日の俺は支援員募集のHPを見てわざわざ大阪から来たれんげの里の受験生や!「よ〜し、やったるぜ〜目指すはレンチのサナ、いやれんげの里や」。「そんな三重のど田舎まで、わざわざ行かんでも、関西にはお前の働くとこはいっぱいあるやろ、関西で早よ、決めよ」と就職斡旋の前田先生がしつこく俺に言った。

比較的仲の良かった同窓生の安田や黒田も「三重の田舎に行かんと、俺と『夢の郷・入所施設』で働らこや」としつこく誘ってきたが、俺がそもそも福祉の学校に入って勉強して来た目標は、遙宮町の「レンチのサナ」へ、いや「れんげの里」へ、入ることやった。

これだけは、人から何を言われようが絶対に俺が譲れんところや。先生が推薦する、どの立派な福祉施設も俺の目には入らない、俺の働くところは「レンチのサナ、いや!　れんげの里」で決まりや。

俺は決めたんや。四年前の八月二十九日、「よっさん、また十月には、れんげ祭りに来るわ、それまで元気でな」それだけ言うと、よっさんと彼の親父さんに送られて、俺は、松阪駅から難波行きの近鉄急行に飛び乗った。

以来、四年間、残念ながら職員・利用者・保護者ら皆で楽しむ「れんげ祭り」にも行かず、その約束は、俺自身が破ってしまっていた。

大阪に戻って色々と考えた結果、俺なりに結論を出しお母んと、お姉と、高校時代の担任の高橋の前できっぱりと俺の決意を宣言した。

「俺はもう一度『レンチのサナ』いや『れんげの里』へ行きたい、今度はボランティアと違い職員として堂々と試験を受けて入りたい」

四年前、仕事もせずにぶらぶらしていた俺に、中学時代の担任だった高橋が、お母んと話し合いの結果、半ば強制的に「レンチのサナ（れんげの里）」へ俺を送り付けた。

長い時間、列車に乗って「れんげの里」に行った時、そこにいる、多くの自閉症という障害のある利用者さんと出会った。それは俺にとっては、頭を棒で思い切り殴られたほどの衝撃的な出会いやった。

俺が生まれてこのかた、障害を持った人たちには大阪でも多く会ったが、自閉症障害者、強度行動障害者と言われる人達のことは、この施設に行くまで恥ずかしながら知らなかったし、多分お目にかかったことのない人たちだった。悪いけど俺は彼らを新人類と分類していた。

見た目は普通の人達だが、話しかけても、無反応で横を向いてる、目線は合わない。こちらの話には全く興味を示さないが、時には、こちらの反応を気にせず一方的に話しかけてきたりする。

九官鳥やオウムのように、こちらが言った言葉通り全く同じ言葉が返ってくる。これをオウム返しなんて言っていたが、何が気に入らないのか話をしているると突然パニクって自分の頭を叩いたり、時には俺に殴り掛かってくる人もいた。初めて俺の前で彼らが起こした行動の数々「何やこのパフォーマンスは」「この人らは何者なのや」とホンマにびっくりしたわ。

それでも、ここのれんげの里のサポーターさん（職員）は、彼らの行動に驚きもせず、にっこりして彼らと付き合ってる。彼らの悩みや苦しみにどう向き合うかを真剣に考えていた。

自分が考えていた障害者の施設というと、何となく重苦しく生きる苦悩を漂わせるような負のオーラがムンムン出ているように見えるところが多い。学校で研修に行った施設も大方がそんな施設やった。

しかし、この施設はそうではなかった。支援するサポーターも、めっちゃ明るい、いつも笑顔や。利用者の親御さんも同様に明るい、もちろん利用者さんもそうである。パニクっていても、すぐにケロッとしているし、ここでの生活を心底楽しんでいるようにも見える。

四年前、ここにボランティアに来た時、三交代やし、利用者さんのことを優先して、時には汚い仕事も目にしたけど、みんなニコニコして率先して仕事してた。

大変な仕事なのに、自分の仕事を嫌だという人はいなかった、むしろ自分たちの仕事に誇りを持ってる人たちばかりのように見えた。

よう分からんけど俺も、ここのサポーターさんのように、この仕事に誇りを持って充実した仕事をしてみたい、そうと決めたら鉛筆を持つのも嫌だった勉強嫌いな俺が、自分でも驚くほど行動が早かった。

高校の時、担任だった高橋に「福祉を勉強したい」と頼んだら大阪福祉短大はどうか、ここなら推薦してくれると言ったが、大阪には悪友がぎょうさんいてるから、また誘惑に負けて怠け者の道に戻りそうやで、出来れば奈良か京都がいいと言ったら京都の私立大学で西京短大というのが福祉学科・介護福祉コースがあるので、ここはどうかと推薦してくれた。

私立で学費が少々かかるけど、お母んもお姉も「ホンマに、隆司がやる気があるのやったら応援したる」と言ってくれたので、ここを受験することにした。

夜間はゲーセンで遊び、昼間は自宅に籠ってテレビゲームばかりしてペンを持ったことがなかった俺だけに、受験勉強はけっこう苦しかったが、高橋先生が「隆司がやる気になったんや、先生も受験勉強手伝ってやる」と言って学校が終わってから夜の十時ごろまで、休日の日は一日中、アホな俺に付き合ってくれた。しんどかったけどお陰で何とか、ぎりぎりで合格することが出来た。

入学してからは、毎朝五時前に起き六時ごろ家を出て三条京阪の電車で京都へ行く。眠くてしんどかったけど、三年間何とかやり通して、無事に本年三月に、卒業できる見通しとなった。

福祉の仕事は何処も人手は足らんとみえて施設からの応募はぎょうさんあっ

たけど、就職斡旋の前田先生が言ってきても、その都度丁重に？お断りした。

今年は、れんげの里で職員の応募があるのやろか、毎日のようにれんげのHPを開いて、ドキドキしながら見ていたが、なかなか記載されていなかった。

このままでは、またプータローに戻ってしまう、不安が何度も横切った。「浩史さん頼むわ」電話で頼んでみようかとも思い携帯を手に持ったが止めた。押しつけがましく電話して浩史さんに嫌われたらいかん「もうちょっと我慢や」。

何十回目かの、れんげの里のHP検索で「支援員募集！」と記載されたのを見つけた時は、ホンマ嬉しかったわ。

れんげの里支援員募集要項、業務内容（自閉症者・知的障害者の生活支援、作業活動の支援を行います）、就業場所（遙宮町・れんげの里）、採用条件（支援員四名・学歴不問・資格免許不問・年齢不問・やる気がある人・勤務形態三交代）などが書かれてあった。

すぐにれんげに電話をすると、あの元気な関戸のおばはんの声がした。

「久しぶりやな……えぇ～～あんたれんげを受験するのか、アホ違うか、なんで大阪くんだりから、こんなど田舎の施設を受験するんや！」相変わらずの毒舌やけど、電話の向こうの関戸のおばはんは、喜んでくれてたみたいに声が弾んでいた。

このれんげの里の採用試験第一の課題は「自己アピール」を履歴書と一緒に提出せねばならない、これは俺にとっては簡単に書けそうで、これが一番やっかいやった。

一週間も、かかって何度も何度も、原稿用紙を破り捨てて、俺としては、ちょっと自信のある自己アピール文が出来た。

一番、強調したのは、大阪からこんな田舎くんだりの施設で自分を試したいと感じたのは、この施設のおかげで三年前のヤンキー崩れのボランティアが自分の進む路を見つけたこと。この施設の職員には脈々と流れている障害者本人が中心という理念に感動したこと、如何にして利用者が心豊かな生活をおくることが出来るかを、いつも考えている先輩職員のように自分も「れんげの里」で一緒に頑張り自分の本来の目標や夢を見つけたい、まあ、まとまらなかったが、精一杯、俺の気持ちを書いたつもりや。

果たして森吉理事長、浩史さん、いや渋谷浩史施設長や永田相談役をはじめ、俺を審査してくれる人たちは、俺をどう理解してくれるやろか。三年前のヤンキーの俺とは、少しは変わったと自信はあるのだが、まあ今更じたばたしても、どうにもならんわ。

「試験頑張るで～」誰もいない奥伊勢の野後の駅前で青空に向かって大声で叫んで拳を突き上げた。ここまで来ればあとは「まな板の鯉や」何とかなるやろ、と俺は心に決めて、「れんげの里」に向かって歩き出した。

今朝も三年前のあの時と同じじゃった。お姉に、朝早く、彼方此方デコボコのついたかっこ悪い軽自動車で送ってもらい、大阪の上本町（上六）から近鉄発七時五十分の急行に乗り松阪駅に九時二十分に着く。駅のホームにある、以前も食った、うろん屋で、虫押さえのうろんを注文、一口食べて……「美味でございます！」

テレビの大奥の物真似をすると、うろん屋のおじさんが「日本一やろ」と自慢そうに拳を上げる、俺も日本一の施設に行くんやと黙って一緒に拳を上げげた。

うろんを食べ終わると、以前失敗したので、早めにこの駅の売店で駅弁を購入する。値段は六百円やった、まあ大阪よりは安いわ。

店員に松阪肉の元祖特選牛肉モウ太郎弁当をすすめられたが今の俺には高すぎる。れんげの里に合格したときは「また買いに来るわ、それまで置いといてや」と店員にウインクした。

多気駅で乗換えに時間が掛かるので、弁当は、その時に食べることにした。今回は、少し気持ちに余裕がある、始めから時間が掛かるのやと思うと腹も立てへん。

五十分ほど待って十時七分の鳥羽行で多気へ、多気に着くのが十時十六分、そこで駅弁を食べる、コロッケと野菜の煮たのと、スパゲティが少々、伊勢沢庵が二切れに、おにぎりが二個入っている。味は、まあまあや、しゃあないわ六百円や。

多気駅から尾鷲行は十三時十五分発、野後駅着が十三時五十四分、今度はこの余裕をれんげの里で活用すべく何冊か持ってきた福祉の教材を読むことにした。

その中にはもちろん、こんき棟のサポーターさんやった、上野是さんからもらった「ヘルパー講習会記録」も数冊入っている。

大阪に帰って何度も何度もこの記録書を開いた。現実と記録書では違いがあるだろうが、少しは自閉症というものが、分かっているはずや、明日の試験にはライバルよりは、ちょっとは俺の方が、れんげの里のことを知ってるはずや。三か月間も実習したんや、ライバルには負けへん、もっと自信を持とうと。

一息ついて何度も何度も繰り返し読んだ福祉法人おおすぎの『理念』をもう一度諳んじてみる。

社会福祉法人おおすぎの「理念」とは親と職員が話し合いお互い納得できる文を六か月かけて作った「おおすぎ」が誇る「理念」や。

『私たちは「お互いさま」の気持ちを大切にする未来を目指して、自閉症(児)者等の人権を尊重し、障害のある人たちが自らの能力を活かし、笑顔がこぼれる人生を歩むことができるように支援します。

① 障害のある人の生きていく困難を理解し、心豊かな生活が送れるように支

援します。

② 障害を個人だけの問題でなく、社会全体の問題としてとらえ、障害のある人たちを受け入れる社会づくりに努めます。

「お互いさま」の言葉にはいろいろな意味がありますが、私たちは、人が困っているときは人を助け、自分が困っているときには助けてもらうという意味にとらえています。

それ以上に、人や社会の課題を互いに共有した豊かな社会の創造への願いが込められています。

日本国憲法に「すべての国民は法の下に平等である。」とうたわれています。いいかえれば、基本的な人間同士の関係は対等であり、互いの人権を尊重しなければいけないということです。

たとえ「支援をする、される」という間柄であっても同じことです。

私たちは、いろいろな人と交流してきました。そして多くのことを教えられました。

しかし今、個人の生活を大切にするあまり人間同士の関係は希薄になり、他人の痛みや悲しみ苦しみを自分の問題として考え行動しようとする人が少なくなってきています。特に障害のある人たちにとっては、生きていく中での不便さはたくさんあります。

それを周りの人たちが補い合っていくのがあたりまえの社会であるというノーマライゼーションの理念そのものが「お互いさま」という言葉に集約されています。

社会福祉法人おおすぎは、そんな社会の実現を目指し、まず親たちが先頭に立ち、道を切り開こうと設立した法人です。

以上のような理念を持って、れんげの里を運営していこうとするものです。』

おおすぎの理念を完全に諳んじることが出来た。

「よっしゃ！　あとは試験や、どんな問題が出るかちょっと心配やけど、何とかなるやろ」

幾つかの資料に目を通した後は、こんき棟の利用者さんと撮った写真を見ることにした。

前列右から徳田君、絵が上手な子、堀坂市出身で特に乗り物の絵が得意やった。毎日夕方になると、れんげの里の周りを黙々と歩いていた、話しかけると何となく、つっけんどうな答えが返ってくる、俺の言うこともよく分かっているようだったが俺の方が理解してやることが出来なかった。

その横にいるのが棟の中では一番若い武志君、白河武志君や。新聞に折り込まれているチラシを幾つも小さく細かく切り取っていたな。お母さんがいつも金曜日に縄張市から迎えに来ていた。沢山の折り込みチラシを持って、武志君はお気に入りの人たちに小さく切ったチラシを配布していた。多分、友人となった証だろう。

彼のお母さんは最後まで俺の事を「相場さん」と呼んでいたな、武志君が俺の存在を受け入れてくれた印として切り取ったチラシの一部『マックスバリュー』と書いた小さな紙切れは利用者さんから始めてもらった小さいが心のこもったプレゼントだった。今でも自閉症講習記録に栞として挟んである。

通市から来た奥村君はこの地域の眼鏡屋さんに精通していた「キクチメガネ、

キクチメガネ」と…はじめ何のことか分からんだけど、俺も同じように「きくちめがね」というとにっこりして笑っていた。直球ばかりでなく時には、「アツミメガネ、眼鏡市場、マスダメガネ」と変化球も投げてくる、今度れんげに行ったら、どのように投げ分けているのか彼の心理を知りたい。

お父さんもお母さんも熱心な人で金曜日には必ず二人で迎えに来ていた。自動車に乗る時の彼の嬉しそうな後ろ姿が目に浮かんでくる。

南勢出身の中田君はコーヒーが大好きで何度もお代わりしていた。れんげで過ごす彼の多くの時間は、厨房の前に立ち、厨房のおばさんと窓越しに何かやり取りをしていた。多分「れんげの里」で彼らが食する内容を一番先に知っていたはずや。彼のそんな姿を見ていると、なぜかホッとした自分がいるのを思い出した。

鈴日市出身の片山守君は外かられんげにやって来るお客様をいつもチェックしていた、その中に自分の母親がいるのではと多分思っていたのだろう。残念ながら彼がどんなに待っても、彼の母親はやって来ることはない。五年ほど前、彼のことを心配しながら彼の母親は天国に逝ってしまった。

俺がボランティアをしていた時にこんきにいた北村君、矢沢君、高田君の三名は、先般、通市に新しく出来た城山レンチ（れんげの里）へ移ったそうだ。懐かしいな、早く会いたいな、写真を見ながらこんき棟の利用者さんのことを思い出していたら、いつしか微睡んでしまった。

「のじり〜」野後駅に今回は意外と早く着くことが出来た。

野後駅や……いざ我が戦場へ「レンチのサナ」へ、いやれんげの里へ!

第一章　再びの「レンチのサナ」いやいや「れんげの里」

懐かしい道を楽しみながらゆっくりと、れんげの里に足を向けた。四二号を越えた向こうにあったコンビニ『むぎとら』は、あれ？　ないわ。店仕舞いをしたのだろうか？　おばちゃんに挨拶したかったし何か買って行こうと思っていたが店はシャッターが下りていた。

仕方がないからそのまま県道三八号線に出てひたすら歩く。今回は猿の親子には合わなかったが、珍しくこの地域の人に会った。『こんにちは』と大きな声であいさつすると二人の素敵なお婆ちゃんがびっくりした顔で俺を見ながらにっこりと挨拶を返してくれた。

この先の中村の人だろうか暖かくなった県道を散歩しているのだろう、俺も目標を持って真面目に歩くと意外にれんげの里は近かった。

女子の花園ともいえる、赤い屋根の「のんき棟」（女子棟）が見えてきた。次いで、カッコいい赤い煉瓦で作った正門が見えてくる「やっと戻ってきたで～」門に向かって大きな声で精一杯叫んだ。

門の向こう側には、いつも通り片山守君がボ～ッとした顔で空を見ていたので、声をかけてみた。

「守君、こんにちは、元気か」と。

守君は嬉しそうな顔をし、俺の顔を一瞬見て、にっこり笑うと、何事もなかったように走って管理棟の建物に入っていった。……おやおや彼の行動は以前と全く変わってない。

前回は俺はここで、職員の人が出てくるのをボーッと待っていたが、今回は事務所に電話してスライド式の門扉を開けて正面にある管理棟・事務所に入っていった。

通常の施設であると、なかなか簡単に入ることは出来ないがこの施設ではチャイムを押すと係員がすぐに駆けつけ門を開けてくれる。出ることも同じである。この施設が出来て数十年間、この地域の人たちとの共生も良くなり治安が最高にいい所でもあるそうだ。また親たちがこの施設に自由に入ることが出来るようにとの考えで、いつでもガラスに張りにすることで未然に利用者さんに対する虐待防止が出来るという考え方からであるそうだ。

利用者が飛び出した例もない、しいて言えば一度だけ俺が大阪へ帰る時、よっさんが、無断で野後駅まで俺を見送りに行ったときだけである。

脱走する利用者さんがいないということは、この施設の居心地が、彼らにとって、よほどいい環境なのであろう。

事務所に入っていくと、あのハリキリおばさんの関戸さんが俺を見つけてくれて声をかけてくれた。

「いや～、ヤンキーの兄ちゃん久しぶりやな。今日はえらいスッキリめかしてるや、リクルート・スーツがホンマよう似合うわ。馬子にも衣装って、あんたのことやな、ちゃんと勉強してきたやろな。ここの試験はマルバツ問題と違うけどな。ええか、このれんげの里は、あんたが前にここで、ボランティアしてたからってエコヒイキはせんからな、甘い考えで来たんやったら今から大阪へとっとと帰んな、ここは実力本位やからな、甘やかさへんで」

相変わらずの辛口のトークで関戸さんが笑いながら俺にハッパをかける。

「頑張りますわ」少々腹が立ったが、これも俺が試されてるのかもしれんと、ここは忍耐・忍耐、苦笑しながら関戸さんを見る。横にいる事務員の水谷さんも笑っていた。

「今日は、浩史さんはいてへんわ、明日の採用試験の件で通市の城山へ出張中や」

城山とは、平成十九年（二〇〇七年）通市城山に、おおすぎの二つ目の入所施設として県から引き継いだ障害者支援施設で「城山れんげの里」という。

「県から城山を委託されたことはこの福祉法人が福祉施設として障害者の人たちに、立派なサービスを、提供しているということが認められた証や」と、後によっさんの親父さんから聞かされることになる。

サービス管理人の藤田由子さんにも挨拶をと席に行くと、そこには藤田さんではなく大西さんに変わっていた。

「残念やったけど藤田さんは、二年前に退職したの」と大西さんが教えてくれた。

「あんたも藤田さんにはいろいろ教えてもらってたな、残念やけど、ホンマは、ここの利用者さんが一番残念がってたと思うわ」

藤田さんは、この施設が出来た後、素敵な相手に恵まれ結婚したが、なかなか子供さんに恵まれなかった。高齢出産になる前に、どうしても二人の愛の印が欲しいとの考えで退職し、婦人科で不妊治療を受けた、そのおかげで去年、素敵な男の子を授かったそうである。

藤田さんが言うには「目の中に入れてもいたくない」という、なんでやね！そんな大きな人間を目に入れられるか！

俺にとって、れんげを目指した理由の一つが藤田さんの利用者に接する優しさ、熱意であったように思う。

「藤田さんには、これからもいろいろと教えてほしかったな」俺は、しみじみそう思った。

れんげの里で働こうと思った幾つかの切っ掛けには藤田さんの熱烈指導も大いに影響していた、残念だがこれも仕方のないこと。

「そうね、いい人が次々と現場からいなくなっていくわ、施設が十年以上もたつと森吉さん、永田さんも現場を離れ、藤田さんや他にも、れんげ創生期の人たちが多数、この施設を離れていったわ。ちょっとさびしいけどね」

関戸さんが横から寂しそうに声を出す。

「さて、浩史さんから指示を受けてるんで、お茶でも飲んで話をするわ、ちょっと待ってな」

例によって事務所の奥にある打ち合わせ室に案内される。そこには、懐かしいれんげの里の住人が以前と全く同じ席に座っていた…うわ～よっさんや！

以前と同様に、雑誌や、週刊誌らしき物、CD、ラジカセ等が机全体に、びっしり並べられていた。

「よっさん、この人誰か知ってるか」関戸さんが問う。

「教えてください」一瞬だけ俺の顔を見たが、あとは、並べた書物の中の一冊をペラペラめくっていて、全く視線を合わそうとはしない。

「よっさん俺や、忘れたんか。隆司や相武隆司君やぞ」

「相武隆司君？　卒業した」もう一度ちらっと俺の顔を向くと「卒業した」と繰り返した。

以前、よっさんにとって卒業とは別離のようなもので、同時にあなたをもう必要としない、卒業とはよっさんにとって自立の道だと、よっさんのおやっさんに聞いたことがあった。

最も強烈に俺の胸を打ったのは「れんげの里」が出来、この施設で生活することとなった母親との親離れの時、僕はこれから一人でこの施設で生きていくと母親に言った言葉「お母さん！　卒業した」。

「卒業した」という言葉は、世話になっている人たちから自立していく言葉でもあったのだろう。

「よっさん、隆司君は卒業やないで。隆司君は今日かられんげの里へ入学や」と、よっさんに言ったが彼は分かっているのだろうか？　何も返事がなかった。

「よっさん、悪いけど、今から隆司君とお話しするので、関戸さん忙しいので、物かたづけて部屋に戻りや、今日はこれでお終いや」

関戸さんの「忙しい」という声に反応して「アイアイアイアキジ～」と例のお呪いらしき言葉を発すると机全体に、並べられた雑誌やら週刊誌らしき物やらCDやらラジカセ等を、慌ててかたづけ、二つの大きな紙袋にがさっと入れ、溢れるほど入った紙袋を両手いっぱいに持って、袋に入りきれない物は口にくわえて、彼はそそくさと部屋を出て行った。

「久しぶりやな、ちゃんと勉強して来たやろな」と言いながら関戸さんがお茶を入れてくれた。

此処のお茶はホンマにうまい。大阪の金気と塩素の臭いのするお茶と違い、無味無臭のすきっとした水に、ほんのりとしたお茶の香りと甘みと渋みのバランスが抜群や、ホンマにうまい。一気に飲み干そうとして咽せてしまう。

「あんた前に来た時も咽せてたや、お茶はゆっくり味わうものや」関戸さんが笑いながら注意する。

「浩史さんは、明日のあんたらの試験の打ち合わせで今日は帰ってこんわ。今晩は、二階の来客室で休んでや、布団も用意しておいてあるから、勝手に上がって休んでな。それから夕食と朝食は、一人で食べるより皆と食べた方がいいやろと思ってナ、こんき棟に用意しといたから、そこで食べてナ。サポーターの淳さんがいるからな、淳さん知ってるやろ川邉淳や！　彼の指示に従ってナ、まあ今日はゆっくりしや」それだけ言うと関戸さんは仕事に戻った。

川邉さんは大学で政治経済学科を卒業し経験のない福祉に入ってきた人物である。生活問題を抱える人々の日常生活の支援を行うことに非常に困難性と深刻さを感じながら、福祉という困難な分野に立ち向かい、障害を抱える人々の生活支援を行うことで、自分自身も、より人間的に成長したいと考えこの道に入ってきたようである。

当初は老人保健施設で三年間働き、医療的な要素の強い仕事で満足できず、自閉症という障害を抱える人たちの支援に携りたいとこの施設に入られたそうである。

れんげの周りをぶらぶらして時間を過ごし、五時過ぎにこんき棟に行く。リビングには、よっさんをはじめ五人ほど懐かしい利用者が、席について夕食が始まるのを待っていた。

「やあ、皆、俺や久しぶりや。隆司や相武隆司や」そう言ったが五人は、ちらりと俺の方を向いたようだったが、あとは並べられた夕食を見ているだけだった。

残りの五人も揃って久しぶりにこんき棟の夕食となったが、ここの食事は、以前と同様に、「頂きます」と皆で手を合わせて食事が始まると、それぞれが勝手に食べ始め、終わった者から自分の部屋に戻っていった。

話をしたいなと思っていた俺だったが、あっという間にリビングから利用者の姿は消えてしまった。

まあ、いいか。今回の俺はボランティアではない、俺は受験生や。れんげで合格すれば、彼らとは、なんぼでも話し出来る、時間はたっぷりある。

「ごちそうさまでした、お手伝いすることがなければ、管理棟に戻ります」川邉さんにそれだけ言うと、俺は管理棟に戻った。

第二章　伝説の講演会

今も三重県飯南・多気・南紀地区の親たちに語り継がれている伝説の講演会がある。

この話は飯南多気福祉事務所の主催で、平成四年（一九九二年）県庁舎六階大会議場室で県南部地区の障がい者の親たちが出席して開催された「平成四年度障害者福祉関係者研修会」のことである。

特に自閉症者や強度行動障害者の子どもを持つ親にとって昔も今も子供たちが安心して働く場所の確保、生活施設の確保や自分たちが亡くなった後、「親亡きあと」はどうなるのか、これらの問題は親たちの頭から四六時中離れることはない深刻な問題であった。

管理棟・事務所の玉置看護師の机の後ろにある本立ての中に俺はこの伝説の講演録を見つけた。誰もいない静寂な管理棟二階の客間で俺はこの本に目を通した。

翔の会の親たちが自閉症の支援施設を作るために参考にした現理事長・森吉四郎の伝説の講演録を、その夜、俺はむさぼるように読んだ。

特に五ページ目に書かれた「入所施設での体験」こそが、このれんげの里のルーツとも言える森吉氏の施設への考え、思いが書かれてあった。

原文のままご紹介する……。


私は一年間児童施設に居まして、二年目から関東のコロニー花園という所に勤めました。コロニーなんです。精神薄弱者更生施設や授産施設がセットである施設なんですけど、この中の精神薄弱者更生施設に勤めた生活が七年ありました。ここで何を体験して何を感じたのかをお話しさせて頂きます。

一つは集団規模の問題です。入所施設を出てはじめて気がついたんですけど、乾いたトイレというのがあるんですね。入所施設にいた時には、トイレというのは、ホースで水を打って、水を流して掃除をするものと思っていたんですけど、十人規模の小規模作業所を始めた時に水で流す方法でなくてもトイレの掃除ができるのや、ということに初めて気が付いたんです。やっぱりある人数を越えると、何か特殊なやり方でないと管理できなくなるのです。こぼした小便が乾くまでに、次の人がやって来る。そうなりますとトイレというのは水で流して掃除をしないことには、どうにもなくなるのです。乾いたころに次の人が来るというぐらいの集団ですと、水で流さなくとも、雑巾で拭くことで綺麗に管理できるようになるわけです。

入所施設にいる時は、こんなことに気付くこともなく水流しのトイレ、水で掃除をする便所をやっていたわけです。この辺りの今の入所施設はどうなんでしょうか。

それから味噌汁を注いだ後、冷めないということも集団規模の問題です。皆注ぎ終わるのを待ってもらって、さあ食べようというときに最初の方で注いだ人の味噌汁が、もう冷めてしまっている。これはもう工夫しても限度があるんです。最後に当たった人はラッキーだけど、最初の方はもう駄目。職員は最後で注ぐっていうこともおそらくあるんだろうと思うんです。そのあたりが職員の資質の問題で大きな問題があるように思います。

それからマイクで人を呼ぶ、「嫌です」という言葉の聞けないところから、

「来なさい」という。これは実に失礼な話だと思うんです。今後つくる施設では、絶対入所者をマイクで呼ばないと決意をしました。それからパンツに名前を書く、これはパンツだけではないですね、上着でも何でも、靴も上からよく見えるように書くんですね。ちょっと見えなく小さく書いてもらうと非常にいいんですけど。良く見えるように。悲しいことに、小規模の通所施設に来ても、長い間入所施設に入っていた人のお母さん方は未だに書くんです。此のことは意識の問題だけではないですね。

私の所は通所授産施設なんですけど、五人の人と一緒に風呂に入る機会があります。その時、五人の名前を書いていないと誰のパンツか分からなくなってしまう。入所施設で一緒に生活していた時には、一緒に洗濯もしましたので、大体誰のパンツか分かっていましたけど、通所施設では職員と入所者との生活に間があるんでしょうね、形を見て誰のパンツか分からないんです。ですからやっぱり、ああ名前が欲しいというように思ってしまいます。ですからこの問題は、ただ単に意識の問題ではなくて、一人で受け持つ人員の問題とか、そういうものが全て関わってくるんだと思うんです。

次は個別化の問題です。個別化しないということでは象徴的なことがありました。

昭和四十四年ですから、施設の貧しさもあったと思うんですが百人の施設で百足同じ靴下を買ってくる。三十破れますと、普通は三十人の靴下が駄目になるのですが、みな同じ靴下だと十五人分は助かるということですね。そういう個別化しないものを考える。作業服なども皆同じものを買う。大量購入は安いですから経済的な問題は背後にあるのですけど。

外へ行事なんかで行くと、一目で誰がいないか分かる人数というのがあります。何人ぐらいでしょうね。八人ぐらいですか、七、八人というところでしょうかね。それ以上になると一、二、三、と数えるようになる。数えなくてもよい人数の行動は、入所施設では、ほとんど不可能だったんだと思います。点呼しなければならないということは、やっぱりあるのだと思います。

私の考え方を変えたことはまだいっぱいあるのです。お風呂の時間なんです。朝の十時ごろから風呂に入るんです。最近は、もうそんなことはないのかもしれませんが、昭和四十年代半ばには朝から風呂に入れて平気な施設がありました。職員の勤務体制の問題です。そうしないと勤務が組めない、夜に風呂に入れるメンバーを組んでしまうと、昼間が手薄になってしまう。だから昼間に集中的に組もうということです。夕方とかに職員を集中配置することもできますが、私が勤めていた施設では昼間の内から風呂に入っていた。それはノーマルな時間ではないですよね、その入浴も一日の仕事が終わって、さあ風呂に入ろうという感じではないですよね、頭を洗って汗を流すという風呂は認めるけれど、お湯に入ってゆっくりしようとする思いを認めるまでにはかなりの開きがあります。私もやってきたんですけど、ずらっと並べておいてお湯をかけていく「私はゆっくり入りたい」そういう思いはほとんど切り捨てられる。私もそんな事ばかりしてきたんです。風呂に入る意味を入る人のほうから考えないで、介助するほうの都合からのみ仕切っていくという風呂ですね。これと同じようなことがいっぱいあるんです。例えばカーテン、防災カーテンでないとあかんということとなんです。今はいろんなカラフルなものもあると思うんですけど、その頃には防炎カーテンというと灰色一色しかなかったんです。カーテンというもの光を遮断するという意味合いだけしか見えなくて、中に住んでいる人が、その色を見て楽しむとかという側面は皆カットしていく。管理の側面のみ見ていく。ですから生活の主体者というか、生活する方からすべて物を掴まないで、職員とかの方から一部の視点で生活が成り立っている。

それからもう一つ、精神薄弱者更生施設に入所した人たちのことを考えてみたいのです。この人たちにとっては何時まで経っても社会というものがないのです。だから買い物をするということは、社会に出て行く人たちが出て行く前にする訓練の一つであって、それ以前の人は、生活基礎訓練等をやるというこ とです。ですから障害の重い人達が、映画を見に行ったり、買い物に行くというようなことは考えられなかったのです。だからすべての人にとっての社会という考え方ではなくて、社会に出る人のみ社会という考え方です。

おかしいなと思いながら悶々としていたのですが、自分の考え方を決定的にしたのは、拘禁精神病という病気を知った後です。

拘禁というのはですね、「拘禁する、閉じ込める」というのです。拘禁精神病についての本を読みました。

情緒的に非常に荒れる子がいて困っている時にこの本を読みました。周りの人に殴り掛かり、幾針も縫う様な傷を負わせるということがあった時なんです。

その本にはナチスの強制収容所で起きた精神病について書いてあるんですけど、症状がとてもよく似ているんです。

そこでは自由の制限、時間的空間的、時間と空間の制限です。何時から何をしてはいけないことは決まっている、行ってはいけない場所も決まっているということです。

それに集団化と無名化、個人性の忘却。そういうことをしますと精神病になります。

それが拘禁性精神病です。

そこでドストエフスキーの「死の家の記録」が引用されているのです。引用した文章ですが「おそらく他の何よりも勝る大きな苦しみ、それは強制的に共同生活をさせられることである。来る日も来る日も寸分違わない日々であるということ」これを読んだときに、問題になっていることとぴったり同じものを感じたのです。

入所者のためと思いながら実は何かそういう病気を作ってきたのではないだ

ろうかという思いが沸き上がってきました。

ついでですが「死の家の記録」の別のところで、バケツで一方から他方へ荷物を運ばせる、運び終わったらそれを逆にしてまた運ばせる、それを何度も何度も繰り返すと人は発狂するというのです。

これと同じことをしているある施設を見たことがあります。ボルトを外す仕事をしているんですが、それが済むとまたボルトをつけるということを繰り返すんです、手先の訓練ということらしいですけど、訓練として意味があっても仕事としては意味がない。

ああ「死の家の記録」と同じじゃと思ったんです。

拘禁精神病について読んで、これは何とかしなければと思い、自分の理想とするような施設が欲しいと施設を飛び出し故郷に帰ってきました。

八ページまで読んだとき、今朝は久しぶりに早く起き遙宮町にやってきた旅の疲れのためか、俺の瞼は完全に塞がった。

明日はまた早起き、そう思っているうちに睡魔が俺を深い深い爆睡の縁へと吸い込んでいった。

第三章　名代の「れんげの里」職員採用試験

朝一番に施設長の渋谷浩史さん運転の日産セレナに乗せてもらって通市にある城山れんげの里に向かった。俺のほかに森吉理事長も乗っていた。

「相武君、大阪に帰ってからずいぶん勉強したようだな、高橋先生が褒めていたよ、今日は頑張れよ」これだけ俺に言うとあとは城山に着くまで、施設の話であろうか、いろんな話を、ずーっと二人で話をしていた。

彼らが何を話しているのか、後ろの席では、よく聞きとることは出来ず俺は、車が走る伊勢高速道路の周りの景色をボ～ッと見ていた。

通市にある城山れんげの里へは一時間少々であっという間に着いた。

城山れんげの里は高茶山という少し小高い丘にある施設である。この施設はもともと行政が障害児施設として作り上げた施設であったがれんげの里の運営が優れているので、れんげの里に業務移譲をお願いされたという話を聞いた、さすが行政が作った施設だけにしっかりしたものだったが、仰々しくあまり温か味を感じないように見えたのは俺だけだろうか？

「相武君、君は左の建物の二階だ、二階に会場があるから受付を早く済ませておきなさい。私たちは右側の城山れんげの里に行くから、また後で会おう、頑張れよ」と二人とは、そこで別れた。

受付を済ませ右側の部屋に案内された、そこが試験会場である。

試験会場は、驚くほど静まり返っていた。十五人ほどの男女が十時から始まる試験を、今や遅しと待っていた。

俺の周りには右側に男子八名、左側に女子七名がいた、俺の後ろにいる男子は神経質そうに本をペラペラとめくっていた。

どんな問題が出るのか分からん状態で、何をいまさら勉強しようとしているのか、勘を頼りに、当てずっぽうで勉強して、当たれば宝くじより確率がいい、俺は生まれつき勘には、見放されている、宝くじも当たったことがない、ここまで来れば、まな板の鯉や、煮ようが焼こうがどうにでもしてくれ！

左側の女性はひたすら携帯を触っている、誰にメールをしているのやら、みんな俺より余裕があるのかもしれない。

静かに数分の時が流れる、後ろの扉からすらりとした長身、グレイのスーツにブルーのネクタイを粋に着こなし、きらりと光るメガネをかけた物静かなカッコイイ男性が現れた。

この人は誰だ、俺がボランティアで遙宮町の「れんげの里」にいた時に出会ったことのなかった男性、まさかこの人こそが森吉さんの片腕とも言われた智・仁・勇を兼備した鬼軍曹と言われる永田俊哉さんか！　そうだ彼が永田さんや！

正面に立つとその紳士は静かにしゃべりだした。

「お待たせしました、只今より本年度、福祉法人おおすぎの職員採用試験を始めます。私は福祉法人の理事をやっています永田俊哉です、本日試験の進行を務めますので判らないことは何でも聞いてください。それでは本日、第一問の試験用紙を配ります、問題用紙と回答用紙、回答用紙は四百字詰めの原稿用紙です、間違いがないか確認してください。時間は一時間です、出来上がったら途中で退出しても結構です」そういうと永田さんは本日最初の試験問題を配り始めた。

そうかこの人が森吉四郎の片腕・名参謀・懐刀と言われ、法人おおすぎが認可された時、第一番目の職員として法人を立ち上げ育て上げた人物、前・城山れんげの里の施設長だった永田俊哉さんか。

平成七年二月森吉さんが顧問として入所施設作りのために力を貸すと保護者に約束してくれた時、彼の片腕としてわざわざ京都府からやってきて、力を貸してくれた人が永田俊哉さんだった。れんげの里を開設すると事務長として、森吉さんと一緒におおすぎ・れんげの里の礎を築き上げ、平成十三年通市に城山れんげの里が出来ると施設長として城山れんげの里を、遙宮町のれんげの里同様に育て上げた切れ者であるとのことを俺は以前に聞いていた。

施設設立運動当時の永田さんは京都府の重度心身障害者の施設で働きながら、自閉症の施設作りの運動支援のため京都府亀陸市から三重県度会までの長い道のりを自動車で月に何度も往復し、保護者の足となり、働いてくれた法人設立運動の中心人物・立役者だった。

彼が働いてくれた福祉法人認可の道は先の見えないぬかるみを走ること苦節六年、その後、福祉法人が認可された平成十二年八月には今まで勤務していた京都の福祉施設を退職し設立準備室室長とし自ら遙宮町野後に下宿し、れんげの里開所に向かって力を注いでくれた、保護者にとっては忘れることの出来ない大恩人である。

さて問題用紙であるが配られた最初の問題（一）を恐る恐る見てみる。

「なんじゃ！　これ！」

問題（一）以下の文章（姥捨て山問題）を読んで次の問に答えなさい。

①　この著者は「施設」とは何だといっていますか、四〇〇字以内で答えなさい。

②　あなたはこの考えについてどう思いますか、四〇〇字以内で答えなさい。

文章の内容は森岡正博著「姥捨て山問題」Ａ4用紙二頁にびっしり書かれた文章を見た時俺の目の前は真っ暗になった。

脂汗が脇の下から滲み出るように少しずつ湧き俺の腹の横を一筋静かに流れていた。

まさか、こんな問題が出ようとは、随筆や小説や新聞文章というものを全く読むこともなく、無視し続けた俺にとって当然の報いかもしれないが、少しでも読んでいれば、今更悔やんでも仕方がない、少し読んでみるが、駄目だ、先に読んだ文章が五行目ぐらいに来ると全く覚えていない。『あかんわ・ギブアップや』問題から目を離し天井を見た。

天井の汚れた影が高校の恩師高橋先生に見えた、高橋先生の顔が怒っている。「隆司、本は読んどけ、言うたやろ、バカが！」その横で、お母んも姉やんも、何してんのやガンバレと言っているように見える「どうしよう」。永田さんの目が俺と合う。きらりと光る眼鏡の奥から「がんばれ」と言っているように思えた。

以前、西京大学の友人が、「文章をまとめる時は、分からなければ、大事と思えるところに赤線をつけるんや。赤線をつけたところをつなぐと結構いい文が出来る、それが答えや」と言っていたことを思い出した。

その時は、そんな馬鹿なと、思ったが、こうなったら、しかたがない、これをやるしか今の俺には道はない。

現在の姥捨て問題・救命ボートの論理・定員六人に五人・食料品の配分問題・痴呆老人の世話……長たらしい文章の中から俺は大事と思う文に次々と赤線を引いていった。

一応赤線を引き終わるとそれを繋いでみた、読んでみたところよく理解できないところもあったが、その文に昨夜読んだ森吉講演の内容を一部拝借して、俺なりの文を作った。

何度も読み直して何とか四〇〇字以内で書き上げた、時間はもう二〇分も残っていなかった。

周りを見るともう半数の受験者が席を外していた、少々焦った。

二番目の問題は赤線を引いたところと、森吉講演録の一部を拝借した…これって俺の考えではないが、ばれちゃうかな、こういうのは、カンニングかな……でもこれしかない。

「はい止めて、時間です」永田さんの終了の声と、俺が二番目の解答を書き上げたのと、ほぼ同時だった、残念ながら読み直す時間はなかった。

十分間の休憩があったので俺は廊下に出た、俺の隣に座っていた男子が声をかけてきた。

「どうだった、僕が予想していた問題とは、完全に外れていたよ、こんな問題って、初めてだったよ、途中で諦めて、ええ加減に書いて教室を出たが君は随分と粘っていたね」四鈴福祉学校の上野君という男子が俺に話しかけてきた。

「俺もそうですわ、こんな試験は初めての経験やった、時間もぎりぎりで、まあ自分が言いたいことは書いたつもりだけど」と自信のあるような顔をしたが内心は全く自信がなかった。

「次の試験こそ、マルバツか『……』に文を入れるとか三択とかそんな問題だろうからこれは何とかなりそうだ」と彼は言った。

俺もそうだと思って席に座ったが配られた問題は、またしても予想とは違う問題、先ほど同様のものだった。

問題（二）以下の文章（息子は私の誇り）を読んであなたの思うことを四百

字以内で述べなさい。

内容は「息子は私の誇り」　たまには帰っておいで　アントニア・ヘンリケス・グスマン　毎日新聞「二〇〇二年四月二十七日の毎日の視点」の記事より東ティモール大統領の母親の文を記事にしたものだった。

どんな問題でも、俺が勉強したこと以外は今更仕方がない、第一問と同じやり方で文をまとめた。

今回の文はA４一枚なので数段楽だった、まとめた文に俺の考えを書きたした。

お母んが「たまには、大阪に帰って来い」と、言ってくるぐらい大阪を忘れて、れんげの里で根を張った支援が出来るように頑張りたいと最後はかっこよく文をまとめた。


昼食は、コンビニで買ったおにぎりを三つ食べた。お腹は少々物足らんが、面接がある。筆記試験に自信のない俺にとっては、ここでいいところを見せなきゃ恩師の高橋先生にも申し訳ないし、れんげ一本と大見栄切った就職担当の前田先生にも格好悪い、それに昨日「頑張れ」と肩を叩いてくれた関戸さんや大西さんやこんきき棟のサポーターさんにも、合わせる顔がない。ラストチャンスは昼からの面接やと、秘かに拳を握る。

「どうだった」昼食を食べ終わった隣の席の上野君が声をかけてきた。

「小さい時から、文を書くのは、どうも自信がない、まあ昼からの面接で頑張りますわ」俺は頭をかきながら言った。

「まあ試験は予想外の問題で俺もダメやったが、ここがあかんでも福祉関係の就職先はナンボでもある、またどこか募集しているところを見つけるわ、君もそうしたら」上野君は笑いながら言った。

彼は、もう諦めているようだが俺はそうはいかんわ、何のために大阪くんだりから半日もかけて、やってきたんや、俺は立ち上がった。

「何処へ行くんや」上野君が言ったが俺は黙って席を立った、彼と話していると俺のやる気がなくなってしまう。

一時までは、まだ三十分以上あったので、近くにある、あすなろ園を見てみようと足を向けた。幸い外は晴れている、絶好の見学日和や。

城山れんげの里からあすなろ園までは歩いて一分程も、かからない程の距離、直ぐにその施設は分かった。

一九六四年（昭和三十九年）日本で初めて自閉症児（者）の人たちの診療・治療のために造られた学園。開設は一九六八年（昭和四十三年）我が国最初の情緒障害児学級として発足する、一九七〇年（昭和四十五年）自閉症児施設として認可され、全国の自閉症児を持つ親たちが藁にも縋りたい思いで三重県通市城山を目指してやって来た蟻の城山詣。自閉症治療のメッカともいわれる白亜の病院「あすなろ園」を俺は初めてこの目に叩き込んだ。

当時の院長は「この障害をどう考えたらよいのか、どう育てていけばよいのか。」自分の子供の将来を嘆き途方に暮れ、絶望的な苦悩、奈落の底にいる親たちに一筋の光明を与えた、神様・仏様・十亀様と言われた十亀史郎《そがめしろう》先生、今も自閉症を持つ親たちから崇められている伝説の人物である。

十亀史郎先生は児童精神科の医師として早くから自閉症児の療育に熱情を傾け、また研究者としても学会の中でも先駆的役割を果たしてこられた。

「自分は障がい者より優れた人間であるとの驕った意識をまず捨てる事、上からの目線でなく対等の立場でよき隣人であることを忘れるな」……と。

その自閉症診療のメッカ「あすなろ園」が、俺の目の前で、きらりと輝いていた、なんとしても今日の福祉法人の試験で採用されたい、いや俺は受かりたい、いや受からねば……あすなろのオーラを全身に浴びて。


昼からは面接、十三時三十分からスタートである、俺の面接順番は一番最後となっていた。

「どうせだめだから面接はパスして市内で遊ばないか、面白いところを案内するで」またしても上野君が甘い誘いをかけてくる。

「悪いが、遠慮しとくわ、俺はまだギブアップしてない。これからの面接に掛けるわ」俺が断ると一瞬、上野君の顔が曇ったが「そうか、俺一人で抜けるわけにもいかんし、まあ付き合うか」上野君の順番は三番目だったので、二十数分過ぎた頃に面接に向かって会議室に入っていった。


十分ぐらい経つと「終わった、終わった、帰るわ、またどこかで会えればいいな」と、さばさばした声で出てくると、そのまま上野君は帰っていった。多分こいつとはもう会うこともないだろうと俺は思った。

俺が呼ばれたのは、午後三時前だった。ちょっぴり緊張はあったが学校で教えられた面接の作法通り、ノックをし、ドアを開けドアの前で一礼そのまま面接官の前に立ちもう一度礼をし「京都西京短期大学から来ました相武隆司です」と名乗る。面接官を見る俺の前には、眼光鋭い五人の面接官が俺をじっくりと見ていた。胸の鼓動が大きくなる。

午前の筆記試験の時に、試験官をしていた永田さんが声をかけた。

「相武隆司さん、どうぞお座りください」俺は一礼して椅子に腰かける。

「え〜と、相武隆司さんは西京短期大学か、あそこは福祉の名門やないか、関西には福祉の仕事も沢山あるのに、なぜ三重県のれんげの里を志望し受験したのですか」俺を見ながら眼鏡の奥から声が聞こえてくるような鋭い声。

「はい俺は、いえ私は、西京短大に入る前から、将来就職するのは、れんげの里と決めていました。職員による管理された施設よりも、伸び伸びと利用者さんと接し、『成るより在る』の価値観で利用者さんと接することの出来るれんげの里しか俺が……いや私が進む道はないと考えていたからです」予想された質問に俺なりに考えていた返事をする。

「『成るより在る』とは」隣の面接官が俺に質問する。

「あのう……森吉先生がおっしゃっている自分が食べるだけの稼ぎのない奴は黙っとれというのではなく『生きていることそのこと自体が尊いのだ』という価値観これが『成るより在る』の価値観だと、私はそう理解しています」

「成るより在るという価値観良く知っていましたね」森吉さんが笑って俺に話しかける。

「はい、森吉先生の本を読ませていただきました」胸を張って俺は答えた。

「さて、この法人には二つの施設があります。相武君は通市の城山れんげの里と遙宮のれんげの里のどちらで働きたいのか？　希望はどちらですか？」俺の気持ちを知っているはずの渋谷浩史さんが俺に意地悪い質問する。

「いずれでも結構ですが、強いて言えば、私がこの法人を希望する原点となった遙宮町のれんげの里を希望します」俺は、この時こそと、胸を張って、力を入れて答えた。

「分かった。遙宮町は田舎だし都会の人間にとっては、不便な面もあると思うが、大丈夫かな」浩史さんが再度質問する。

「はい、遙宮町が希望ですが、身内が近くにいないので、どこか一軒、雨露さえ凌げればどこでもいいので借りるような家はあるでしょうか」

「その点は大丈夫や、もし君が採用されたなら、いい家を紹介するよ」永田さんが言ってくれた。

こんなやり取りがあり面接試験も無事？　終わった。

俺にとって生まれて初めて経験した長い長い一日が終わった。

第四章　採用・新しきスタート

待ちに待った法人おおすぎからの採用通知が届いたのは梅の蕾がほころびかけた三月の始めのことだった。

採用通知　　相武隆司殿　　貴殿を福祉法人おおすぎの職員として採用いた

します。

俺はすぐにれんげの里に電話をした。

電話に出てくれたのは関戸のおばちゃんやった。

「もしもし相武君……相武隆司？　ああ、あんたか、見事採用やね、おめでとう。よかったや、まあこれからが大変やけど覚悟してきてや、しっかり絞ったるからね」関戸のオバちゃんは嬉しそうに心から祝福してくれた。

「がんばります」それだけ言うと施設長の浩史さんに代わってもらい、初出勤の日を聞いた。今回の試験で俺と一緒に遙宮町「れんげの里」に採用されたのは、長谷さんと片田さんの二人の女性だった。

俺の席の隣にいた上野君はどうやら不採用だったようである……

あとで聞いた話だが「れんげの里」では受験者の「れんげの里」にかける情熱を知っているだけに「あなたは不採用」と通知するのが、本当に辛いことであり「不採用通知」は次のような文を送られているようである。

『このたびは「れんげの里」職員採用試験にご応募いただきましてありがとう

ございました。採用試験の結果は次の通りです。

人が人を評価し選別するということは、この仕事をする私たちにとって、とても辛いことです。でも一定の枠があって、その枠内の方にだけしか採用通知を出すことができないという事もまた事実です。

設定された試験方法や私たちの視覚で皆様の総体を見ることが出来ず「れんげの里」への思いに、こんな形でしかお答えできないことをお許しください。

これが最後でなく、障害のある人たちが安心して豊かに暮らしていくことのできる世の中を作る戦線でみなさまと手を携えていけることを願います。』

……これが不採用の方に送った「不採用通知」の内容である。

そういう俺も試験は散々で危ないところやったようだが、れんげに掛ける熱意を買われ、正職ではなく嘱託採用だったが、憧れのれんげの職員「サポーター」となったことで、とても嬉しかった。

さて初出勤は四月の初め、先に希望があるってことは、こんなに距離が短くなるのか、初めて遙宮町に行ったときに比べると、大阪難波と遙宮町れんげの里へは、あっという間の距離となっていた。

採用された三人は二階会議室で、理事長の森吉さんより「自閉症・知的障害を持つ子らの気持ちに寄り添い彼らが安心して暮らせる為に君たちの力が必要です、よろしくお願いします。頑張ってください」と辞令を頂く。俺にとって生まれて初めての厳かな心が引き締まる式であった。

午前中は自閉症・強度行動障害者知的障害などの研修、昼からは各棟に入り見習い、というのが新入サポーターの研修内容だった。

この中には、よっさんの親父さんの「職員さんに保護者からの願い」という講義もあった。

生来、頭の悪い俺にとって大変な講義で、いま聞いた知識が、すぐに右から左に抜けていく、それでも俺は懸命にメモを取る。

難しいので一部を紹介、多くは自閉症講習会の自閉症概論に記してあるようなことだ。

俺なりの知識として自閉症の人たちの三大特徴とは。

（一）周囲とのコミュニケーションが困難

自閉症の人たちは、人の気持ちを理解し、コミュニケーションをとることが苦手である。

話しかけても答えなかったり視線をそらしたりして、きちんと会話することが苦手である。

たとえ母親に話しかけられても、まるで他人のようにそっぽを向き、なかには叱られているのに表情ひとつ変えなかったり、笑ったりする子もいて、親を混乱させてしまうことがある。

自閉症の人たちは悪気があってそのような態度をとっているのではなく、相手の表情から喜怒哀楽を読み取ったり感情を理解したりすることができない。

（二）言葉の発達や理解の遅れ

普通私たちは成長するにつれて、どんどん言葉を覚えて使用するようになっていくが自閉症の人たちは、言語発達に遅れがみられ、言葉が話せるようになるまでとても長い時間がかかり、その上その言葉が何を意味し、何を表しているのかを理解することがなかなかできません。

たとえ言葉を発するようになっても、その場や状況にそぐわないような意味不明の言語であることが多く、さらに言葉には感情がこもっていない。

まるで台本に書かれたセリフを棒読みしているかのような話し方をするという特徴がある。

相手の発した言葉をそっくりそのまま返す「オウム返し」も、自閉症の人たちによくみられる現象である。

そのため相手を怒らせたり、イライラさせてしまうことが多く、言語不足を身振り手振りで補ったり、表情を作って伝えたりすることもとても困難なようです。

(三)興味の対象や行動が限られている
自閉症の人は、興味の対象や行動が限られており、いつも同じ状態であることを好むようで変化を嫌い、そこにあるはずのものが無くなっていたり、決まりごとを変更したりするとパニックを起こすことが度々ある。

外出するときは必ず同じ道を通る、靴やスリッパが散らかっていたら、たとえ自分のものでなくてもきちんと揃えるなど、常に同じ状態でないと気が済まない人が多い。

身体を前後にゆらしたり、手をひらひらさせたり、クルクル回ったりなど、単調な動きを繰り返す人も多い。

まあこんなことだが、まだまだいろいろとあるが、俺自体が、まだよく分からないだけに、彼らにぶつかっていきながら覚えていこうと思っている。

採用されて一週間ほど経った時、職員会議で改めて俺たち新人三人が紹介された。

会議室には、のんき棟・ゆうき棟・こんき棟・げんき棟から各五名〜六名が出席してサポーターの紹介があったが、俺が四年前のボランティアで働いた頃とは三分の一ほどサポーターの顔ぶれも変わっていた。

当時、働いていた人は顔見知りであるが、その後に採用された人は早く覚えねばとメモを取るが、すぐには覚えられない、しっかり覚えているのは愛しの手嶋早苗ちゃん、相変わらずのポニーテールで可愛い～。彼女はこの施設でやめることなく、結婚もしていない、これは俺にとってはすげ～ラッキーや、まあ他の人は、ぼつぼつ覚えていけばいいか。

紹介が終わると新人三人の配属先が決まった。

俺の希望は「こんき棟」だったが、そうはうまくいかず「げんき棟」となりサポーター第一歩を進めることになった。

げんき棟はこんき棟に向かって右側にある比較的若い利用者さんが多い棟である。

一階建てのこの棟の設備は十名の利用者さんがいる部屋で十室ある、次に食事をしたり、おやつを取ったり、誕生会やクリスマス会など利用者さんが憩いのひとときを過ごすリビング室、他に日々、職員が取り組むサポーター室、この部屋は利用者さんをきちっと受け止め生きやすく日々楽しく過ごすことが、できるよう支援する我ら職員の部屋、他にはゆっくりと一日の疲れをいやすお風呂、トイレ、ショートステイホームなどから成り立っている。

会議が終わった正午過ぎ、昼食のためリビングに集まった十人の利用者さんを紹介された。

げんき棟のリーダーは西さん、西哲郎さんとはボランティアの時に作業などの活動でお世話になった人だ、あの時より少し顔に威厳が出てきたように思うが、それは時間の経過から来る、経験からきているのかもしれない。

西さんから十名の利用者さんの紹介があったが、若い利用者さんにとってお腹を空かしているのか聞いている人はまるでいないように思えた。

「右から栗田君、岡田君、浦田君、西口君、山口君、川谷君、杉谷君、太田君、石川君、黒岩君……以上十人だ」几帳面な西さんが、一人一人紹介してくれたが、俺も腹が減って覚えるどころではなかった。

げんき棟の利用者さんは、こんき棟の人たちより十〜十五歳ほど若い人たちと逆に十歳ほど年上の人たちで構成されているように思われた。

この棟はショート・ステイ（短期入所生活介護）なども受け持っているのか職員はこんき棟より二名ほど多かった。

きちっと会話の出来る人もあれば、全く会話の出来ない人もいて、それはこんき棟の利用者さんも同じだった。

昼食は、どの棟も同じようで、厨房からその日の当番の利用者さんとサポーターが食事をワゴンに乗せて棟のリビングに運んでくる。

冷めた汁物やおかずは、ここで温められ利用者さんに提供される。

いつも温かい食事、家庭と同じ愛情ある食事が常に提供されている。開所当時、施設長だった森吉さんや事務長だった永田さんらの利用者への彼らに対する想いから家庭と同じ状況で食事が提供されていた。

これが「れんげの里」の大きな特徴の一つだ。

「頂きます」の声で皆一斉に食事を始める、親元を離れてこの施設で暮らす利用者さんにとって一日三食の食事は、何よりも待ち遠しい大きな楽しみなのだろう。

昼食が終わり、活動が始まる前の一時間、リーダー格の西さんの後について十室ある利用者さんの部屋を回る、部屋の住人の顔と名前を頭に叩き込むが、すぐには覚えられそうもない。

彼らの詳しい内容は親御さんとサポーターが相談して出来上がっているサー

ビス等利用計画、個別支援計画、モニタリング評価表などが今の俺が彼らを知る資料となる。

利用者さんの部屋を回った後、時間が少しあったので、今の俺の不安を西さんにぶつけてみた。

俺は「れんげの里」で働く喜びと熱意は人一倍あるが、利用者さんと、どう向き合い付き合えばいいのかまったく自信がない、俺はどうすればいいのか？西さんに聞いてみた。

れんげの里、創生期からの職員である西さんは、俺の質問に彼がどうしてれんげの里を目指したのか、当時の話を聞かせてくれた。

第五章　れんげの里創生期の話

西哲郎さん通称西《サイ》さん、彼は三重県の南勢市田園町で生まれ、高校までをこの地域で育った。少年の頃より海に興味があり大学は名古屋にある尾洲大学海洋工学科で波や渦のメカニズムを研究していたという、福祉とはまるで縁のない勉強をしていたそうである。

二年生の時に学内にある社会福祉研究会を覗いた時、こんな世界があるのだと驚き興味を持った、この会の様々な福祉の活動に魅せられ少しでも困っている人たちのお役にたてればと入会する。活動は、てんかん症や自閉症と言われる方の施設へのボランティア、自閉症や知的障害者の夏季キャンプに参加したことが、自分が気が付かないうちに自然体で彼らと接することが出来、福祉の道へと自然と入っていったそうである。

大学を卒業すると双多見町にある役場に入り福祉関係の仕事をしていた時に、三重遙宮町野後の地に自閉症の子供を持った親たちの設立運動が実り入所施設「れんげの里」が四月に開所することになり、職員募集は、すでに平成十二年九月と十一月に行われていた。翌年三回目の試験があると、彼が聞いたのは、平成十二年十二月の末のことだった。

多数の応募者がいながら、二回の試験で満足する職員が集まらなかったのか、それともより優秀な支援員を求めているのだろうか……ということは三回目の試験はかなり難しいのでは？　しかしこれを逃せば、永遠に自分が理想とするれんげの里に入ることは困難だろう。二十三歳の正月、平成十三年一月六日、西さんは迷わず「れんげの里受験申込書」と履歴書・自己アピールを書き添えて採用試験に申し込んだ。

学歴、年齢、経験不問という条件も気に入った、この施設には経験者は要らない。職員みんなで、新しく出来る「れんげの里」で障害を持つ人たちと明るく楽しく接して自分も成長していきたいと考え職員採用試験に申し込んだ。

第三回の職員採用試験は遙宮町の文化会館で一月に行われた。

聞くところによると第一回の採用試験は朝から土砂降りの酷い日であったそうである。これは後に有名となる雨男もしくは土砂降り男と囃し立てられた永田氏が試験の責任者だったからかもしれない。

その日、受験したのは、三重県はもとより愛知、大阪、京都、岐阜など自閉症の親たちが作った施設で是非働きたいと考えた受験生約八十名が参加、大変な競争率だったが、残念ながらこの第一回だけで予定の人数を採用するには至らなく二回目、三回目と続くことになったことが西さんにはラッキーだった。

西さんは、第三回目の難関を受験し優秀な成績で指導員計十七名の中に入り合格することができた。

なお、この三回目に採用された人たちは特に優秀で後にポスト森吉とも言われたれんげの里施設長渋谷浩史、伊勢・紀州防管委員長渋谷欣記、伊勢・紀州地区発達障害支援センター西哲郎などの人材が含まれていたことを付け加えておこう。

当時の福祉法人おおすぎを設立した創生期の関係者の考えを、事務長だった永田さんが、このように言っている。

「我々福祉法人おおすぎを設立するにあたり、施設に対する既成概念を持たない職員を集め新しい施設の創造を目指そうと理想を高く開設した。当時の職員は未経験の素人集団だけに開設時は想像以上の困難にぶつかった。利用者さんも一緒で施設入所の経験もない人達ばかりで、慣れぬ環境での集団生活に落ち着くことが出来ず暴れたり、ガラスを割ったり壁を壊したり、非常ベルを鳴らしたりとパニックの連続でした。また個性豊かな人達だけに表現方法も千差万別で彼らを理解するためには大変な時間と経験とを要するのは致し方のないことでした。開設前の職員研修会で多くのことを学んでもらったが実践となると思うようにいかず、困惑しながら対応している職員を見て、挫けず頑張れと願う毎日だった。

四月からの数か月は、保護者のお父さん達にも夜間に泊まっていただき助けてもらった。

保護者のお父さんには我が子と違う子に対しての戸惑いや慣れぬ宿直に御苦労を掛けた時期でした。職員にも大変な苦労を掛けましたが、施設に対する先入観なしの職員集団の対応方法が、現在のれんげの里や城山れんげの里の『寄り添う支援』の基礎を作り上げてもらえたと思っています。」

開所当時の「れんげの里」の職員構成は施設長の森吉さんが知的障害者の作業所など三十三年の経験者、事務長の永田さんは心身障害児（者）施設二十八年の経験者、村井立子さんが心身障害児施設八年と福祉関係の経験者はわずか三名であり、他はこの春に福祉専門学校を卒業した新卒生十一名、他は養護学校経験者二名、民間の企業出身者三名という構成で何とも危なげなスタートだった。

当時の施設長森吉さんが植木鉢の花が萎れているのを見て保護者の前で『サ

ポーターは子供たちのことで精一杯で植木に水をやることにも気が付かないほどだ』と言ったと藤田さんから聞いたことがあったが、利用者さんと向き合うだけで精一杯で他のことには目がいかないほど、想像もつかない大変な時期だったようだと俺にでも十分理解できた。

とにかくれんげの里創生期のサポーターさんの苦労は大変だったが永田さんが言っているように素人集団の先入観のない取り組みが「れんげの里」の基礎を作りあげて行ったことも事実であろう。

西さんの話を何時までも聞きたかったが、昼からは利用者さんの活動・作業が待っている。

沙織で素敵な生地を織る人、木工でコースターを作る人、革細工で財布を作る人、ビーズでリングを作る人、利用者さんが持っている、それぞれの個性と特長を生かして日々彼らが豊かな暮らしが出来るよう今日から俺も彼らの支えになるよう頑張らねばならない。

この夜の俺は西さんと宿直をすることになった。

まだサポーター見習いの俺にとって、用意してもらった遙宮町の知らない借家（社宅？）で一人寂しく膝を温めているぐらいなら、げんき棟の皆と少しでもコミュニューケーションを取れた方がいいし、それに西さんから創生期の話をもっと聞きたかったから、希望して宿直を引き受けた。

第六章　誠ちゃんとの出会い

夕食を終え、大阪のお母んに「元気でやってる」と電話をして一休み、何事もなく時が過ぎていった時のことだった。

「新人の相武君に頼んで申し訳ないけど今から誠君の摘便をやるので、手伝ってくれないかな」と先輩の上田佐紀さんから不意に言われた。

「摘便？　え～それってなんですか？」俺は学校でもこの言葉を聞いたことはなかった。新語や？　俺にとってまたもや不可解な新語や？

誠君とは、太田誠君、俺が初めて「れんげの里」に来た時、コンクリートの礎に座り、ぶつぶつと訳が分からん言葉を言って近くにある木くずや病葉を集めてパラパラと上から落としていた若者がいた。彼の名前が太田誠君だった。

いつもズックの靴を左手に持って靴下は左右色違い［柄違い］を履き管理棟の厨房をのぞき込み食事が出来るのを待っていた、ちょっとイケメンな青年、俺が声をかけても目もあわすことなくス～ッとその場を立ち去って行ってしまうようなシャイな青年でもある。

「摘便ってね、自然排便が出来なくって、堅くなった大便を取り除いてやること、君は経験ないかもしれないけど排便が出来ず長く便秘が続くと便が硬くて自力で排出できなくなる、こうなると腹が張って痛かったり大変苦しくなるでしょう。だから医師の北田先生の指示で看護師さんが手で掻きだしてあげるの、私たちはその横でお手伝いするのよ。そういえば今朝の誠君は何時もよりは便の量が少なかったって、早番の阪本さんから報告受けていたわ。ちょっと苦しいようで自分でトイレに行ったけどうまく出ないようなので相武君も誠君が暴れないようにしっかり押さえてあげてくれない、やり方を教えるから」俺は何がなにか判らぬままに急いで手を何度も綺麗に洗い、爪を切り、やすりで丁寧に爪を研ぎ、上田さんから頂いた使い捨てのポリ手袋をして、一応用意は完了した。

トイレに入っていくと誠君がズボンを脱ぎお尻のあたりを触っていた、ちょっと苦しそう。

どうやるのかなと看護師の鈴木さんや上田さんに聞こうとしているところに西さんが入ってきた。

「相武君せっかく用意したようだが今日は止めとけ、摘便をするためにみんな病院や施設へ行って勉強してきたんだ、まだ君にはまだ早い。摘便は看護師の鈴木さんと上田さんと僕でやるから、よく見ておいてね」西さんと上田さんは誠君が動かないように誠君の腰を軽く抑えていた。

せっかくやる気になった俺だったが、体験もなく誠君とのコミュニケーションも取れていない俺には、まだ無理なことなのだろう。

西さんと上田さんは両側から彼を優しく抑える、西さんはお腹をさすったりお尻の周りをさすったりしていたが、いつもと違う俺がいるためなのか、何か違うのだろう、俺には理解できない言葉で何かを言うと俺の顔面に向かっておもいきり頭突きをかましてきた。

「わぁ痛てぇ、なにすんのや！」ついつい誠君を睨んでしまった。

「相武君、君も、やさしくやさしく、お腹をマッサージしてやって」と俺に言うと西さんは誠君に、

「誠ちゃん落ち着いてウンコ、ウンコ」西さんはそう言いながら彼のお腹をマッサージする。

しばらく誠君の苦しそうな、きばるような、うなり声が続いたが、五分ほどすると、

「誠ちゃん大きいのが出たよ」と看護師の鈴木さんの声、誠君のお尻の下の受け皿に三個ほどコロコロした丸い便が落ちていた。

楽になったのだろうか誠君は嬉しそうに奇声を上げた、便を出したことで気持ちが良くなったのだろうか、お尻を拭いてもらうとさっさとズボンをはきトイレから出て行った。

誰も居ないリビングに戻り西さんから誠君のことを聞いた。

「誠ちゃんは南勢市の生まれで、ご両親の話では、幼児期から最重度の自閉症だったようだ、強度行動障害という人もいる。落ち着きがなく、大変な多動癖

で、目を離すと家を飛び出し近所の家に上がり込んだりする。しつけをしようとしたり、叱ったりすると大変なパニックがおこる。自分で頭を思い切り叩いたり、身体に傷をつけたり、壁に頭をおもいきりぶつけたり、自分の指を引きちぎらんばかり噛みついて、身体のあちこちから血が噴き出したりとの自傷行為が毎日のように繰り返されたそうだ。夜間にも興奮状態が続き外に飛び出したりする、ご両親はそのため交代で彼の横で眠れぬ夜を一緒に過ごすということが何年も続いたそうである。

自傷を止めようとすると噛みつかれたり、つねられたりで、彼同様に、ご両親の体も傷やアザだらけだったそうだよ。幸い、お家は自営業だったので四六時中ご両親が彼の横についていたようだ。彼には自傷や他傷のほかにも、破壊、非衛生的異食などの障害があったそうだ」

「異食ですか、いろんなもの食べて、好き嫌いがなくていいじゃないですか」

俺の脳天気な質問に、日頃穏やかな西さんが怒った顔で俺を睨みつけた。

「バカか？　学校で勉強しなかったか？　……異食とはな、少なくとも人間が食べるものじゃないもの、例えば絵の具、ひも、毛髪、布、ほこり、糞便、石、木片、紙片等等……、まあ自分の周りにあるものを何でもかんでも口に入れて食べてしまう、赤ん坊がよくなんでも口に入れるだろう、あの症状がずーと続くんだ。ふつう、生後十二か月から二十四か月の間に発症するようで発生率は年齢とともに低下するようだけど。この障害は摂取する物質によっては生命にかかわる問題でもあるだろう。彼の場合、今は少しずつ無くなってきたが、彼がこの施設に入る前、れんげの職員が、病院で摘便の指導を受けていた時、便を掻きだしてみるとビニールのひもや布が便と一緒に出てきたそうだ」

「そうなんですか」俺は机にあった紙を丸めて黙って、口にくわえて噛んでみた。

それから飲み込もうとしたがどうにも飲み込むことは出来なかった。

「何してるんや」もぐもぐしている俺を見ながら西さんが笑った。

「いや、自分も体験しようと、異食って胃袋へ通そうと飲み込もうとしてもできません、苦しいものですね」口から噛んでいた紙を手に吐きながら俺は言った。

「これだけでも親御さんたちの苦労が分かるだろう。この子たちは、目を離すことができないんだ、もし口に入れたのを見つけたら、すぐに手を入れて取り出すんだよ、口を開かなければ、鼻をつまむんだ。そうすると息が出来ず苦しいから口を開けるだろう、すぐ指を入れて、飲みこむ前に取り出さなくてはいかん。今は全くこの症状は無くなったけど、彼がこの施設に来た頃は、まだそういうことがよくあった為にサポーターも目が離せなかった。はじめに担当したサポーターの多くが慣れないために指をおもいきり噛まれて指先を血で赤く染めていたことが度々あったよ」

「わぁ、俺…そんなことできるかな」

「できるさ、この頃のサポーターが偉かったのは噛まれた傷や、殴られてできたアザは、自分と彼とのコミュニケーションが取れていく証だと考えたよ。つまり勲章と考えていたことだな」

「勲章ですか、そうとう痛い勲章ですね」俺は笑って答えた。

「そうだ。一つ一つの傷やアザこれらの勲章こそ、彼らの苦しみの証であり、我らサポーターの支援による成果の証でもあるんだな」と西さんがしみじみと言う。

「俺も西さんのように彼らの苦しみをとらえ考えることが出来るようになるのだろうか」この施設で頑張るという俺の決意もちょっぴり不安になってきた。

幼い頃から強度行動障害だった誠君は、小学校に上がるころになると家での生活ができず、通市の擁護支援施設での入退院を繰り返すこととなる、家庭に居ても苦労、入院しても苦労、ご両親も大変なご苦労をされたそうである。

俺がれんげで働く様になって随分後での話だが、誠君の親父さんと仲の良かった、よっさんのおやじさんからこんな話を聞いた。

誠君のご両親は、親亡き後の息子の為に自閉症者の入所施設設立運動に発起人会「翔の会」の前身である「ゆずの葉の会」創設の頃から参加し運動された熱心な方で、二〇〇一年おおすぎが認可され、れんげの里が遙宮町に開所されたとき発起人会の（翔の会）の会員のお子さんの、ほとんどが入所できた。

当然、設立の功労が高いご両親を持つ誠君は最初に入所が決まると思っていたが、残念ながら強度行動障害（最重度）の彼を受け入れることは当時のれんげの里の職員では到底、無理なことだったようである。

新しい施設、経験乏しい新職員、全てが新しい素人集団は、誠君のような最重度な強度行動障害のお子さんをすんなり、さあどうぞと受け入れることは到底、出来なかった。

このことで最も苦しんだのは当時の森吉さんや永田さんやった。

「必ず彼を迎えることができるよう職員も出来る限り早く力をつける、彼が安心して生活できる環境を整えるまで申し訳ないがしばらく待ってほしい」と当時の森吉施設長は悩んだ挙句、苦肉の提案を、誠君の、ご両親にお願いしたようである。

「当時の誠君の親父さんは、それは気の毒だった。二十数年間、施設設立運動の発起人の先頭の一人として、運動をやってきた。そしてやっと目標として出来上がった施設に肝心の息子を入所させることが出来なかった。

運動をしていた仲間の子供たちのほとんどが開所と同時に入所出来たのに自分の息子は入所することができない、森吉さんや永田さんは、出来る限り早くと言ってくれたが、その約束は本当に守ってくれるのだろうか。その約束はいつ果たされるのか、ご両親のその頃の不安は大変だったよ。俺も誠君の親父さんの苦労は良く知っている、『誠実な森吉さんや永田さんのことだから必ず、その日は来るから大丈夫だ』と、親父さんを励ましたことがある」とよっさんの親父さんが言っていた。

何とか環境も整い若い看護士さんや職員も力をつけ、これなら彼を受け入れてもやっていけると森吉さんが決意したのは二〇〇七年に通市に城山れんげの里が開設した頃の事だった。

六年間というとても長い時間を、彼のご両親は自分たちの仲間のお子さんがれんげの里で暮らしているのを横目で見ながらも、愚痴や文句も言わず翔の会（発起人会）の会議や行事にも必ず夫婦で参加していた。森吉さんから誠君が入所ＯＫが、出るまでひたすら耐えて待っておられたようである。

この間、どんな思いで過ごされていたのであろうか。森吉さんは約束を守ってくれない、いや必ず守ってくれる。時にはプラス思考、時にはマイナス思考と絶えず交差しながら、誠君が入所する日を目的地も決まらないままに、どれだけ待ち望んでいたことだろうか。察するに余りある苦しい六年間だったようだ。

だから誠君の入所が決まった時の喜びは、大変なもので本当に心から息子の入所を喜び「翔の会」はもちろん、保護者会の行事にも夫婦で参加し積極的にれんげの里の為に力いっぱい応援していた。

第二日曜日の職員会議には、朝早くから夫婦で誠君を迎えに来てドライブに誘い、職員が気兼ねなく会議が進められるようにと会議終了まで面倒を見ていた。

「本当は、週末には家に帰って来てくれればいいのだが、ドライブで家に帰っても落ち着かなくてね、十分か十五分経つともう車に乗って帰ろうと言うのですよ。誠はどんどん私たちから離れていくようで」と誠君のお父さんは、寂しそうに語っていたそうである。

誠君も幼時の頃から何度も何度も病院と家との繰り返しの生活で、本当の家庭、家族との繋がり、親子の情愛を見つけられなくなったのかもしれない。

「ご両親は息子が入所できたのが本当にうれしかったのだな、入所してからは何度もれんげに足を運び嬉しそうだったよ」よっさんの親父さんも喜んでいた。

以後、誠君は遙宮町の「れんげの里」で新しい人生を過ごすことになるが、入所しました『はい今日から』と、強度行動障害の彼が、そんなに簡単にれんげの里になじむことはなかった。

「『森吉さんが、申し訳ないが、少し待って』といった本当の意味を当時の職員は大変な苦しみを味わい、その苦しみを皆が経験し、理解することになった、利用者さんの取り組みで、こんなに時には激しく、時には慎重に神経質なほどの経験を積んだのは……でもそれがあったから我々は成長したのかもしれない」と西さんも胸を張って言っていた。

第七章　「強度行動障害」とは

一九八九年のキリン福祉財団・コウサイ学園など「行動障害児者研究会」での定義によると「精神的な診断して定義される群とは異なり、直接的他害（噛みつき、頭突きなど）や間接的他害（睡眠の乱れ、同一性の保持など）、自傷行為など通常考えられない頻度と形式で出現し、その養育環境では著しい処遇の困難な者であり、行動的に定義される群、家庭にあって通常の育て方をし、かなりの養育努力があっても著しい処遇困難が持続している状態……」を言う。

実際によく見られるのは、自分の身体を叩いたり食べられないものを口に入れる、危険につながる飛び出しなど本人の健康を損ねる行動、他人を叩いたり物を壊す、大泣きが何時間も続くなど周囲の人のくらしに影響を及ぼす行動が、著しく高い頻度で起こるため、特別に配慮された支援が必要になってくる。適切で専門的な支援を行う必要があり、医療を含めた強度行動障害に関する総合的な支援体制を構築するとともに、障害者福祉施設等の従事者が、専門的な知識や技術を身に付け、本人の生活の質を向上させることが求められている。

れんげの里に入所したばかりの誠君を支援するため特別なサポーターのチームを組んで取り組んだその苦労は、口では語ることが出来ないほど大変なもので、今ではサポーターの語り草となっているが、それは裏返せば誠君だって同様だった。

幼き時から、ほとんどが通市の病院と実家での繰り返しの生活、大きくなってからも、病院での長期にわたる入院生活、その病院や施設からある日突然、自分ではよく分からない全く聞いたこともない、ど田舎の「れんげの里」での生活へ行くことになった。

両親は長年の労苦が実り、とても喜んでいたが、誠君は何のことかさっぱり分からなかった。

通市の城山にある施設から車に乗せられ二時間あまり、途中から外の景色は緑の山と川ばかり、どこへ連れて行かれるのかとても不安だった。

煉瓦で作った正門「れんげの里」と書いてある、門をくぐって管理棟前の広場に車が停まると今まで見たことのない職員（支援者）らしき人たちが次々と「誠君こんにちは」「誠君いらっしゃい」と話しかけてくれるが、何かチンプンカンプンで何を言ってるのか皆目理解できない。

案内された棟は「げんき棟」……トイレもお風呂も何処にあるのか、お風呂はいつ入ればいいのか、食事は何処で食べるのか、いつ食べればいいのか、喉が渇いたがお茶やジュースは、どうしたら飲ましてくれるのだろうか、十時や三時のおやつはもらえるのだろうか、自分の好きなジャムパンは誰に言えば貰えるのやろか、自分の要求を理解してくれてきちっとやってくれるのだろうか？　どの部屋にいればいいのか、どの部屋で眠ればいいのか、見たこともない知らないお兄さんやお姉さんが笑顔で話しかけ、一生懸命説明してくれているのだが何を言ってるが皆目分からない。

分からないことが次々と頭の中を廻るが、どういえばいいのかこのままではパニックがおこりそう。通市の施設の時は『ジュー、チャ』といえばジュースやお茶を出してくれた。今度の所ではなかなか「ジュー」と言ってもジュースは出てこない、飲みたいのに飲ませてくれない、自分の言いたいことが伝えられないもどかしさにイライラしてついつい手に力が入り、女子のサポーターの手を思い切り叩いてしまった。目を合わすとまるで怖いものを見たような顔で、ついには逃げられてしまうこともあった。

喉が渇いたら、どう要求すればいいのか？

この施設では、前の施設とは違い思い通りにならないことが多すぎる。自分もなれていないがここの職員もなれていない。これからどうなるのか先の見えない不安やイライラが募りパニックとなり壁をガンガンと殴ってしまう。力を込めた手を強く抑えられ、優しく声をかけてくれるが、「何や、何を言ってるのや分からへんや」力を入れれば抑える向こうも力を入れてくる、ついには、サポーターを殴ったり噛みついたり頭突きをかましてしまう。「手を放して」叫んでも離してくれない。

朝起きて自分できちんと衣服を着ることが出来てるのに、着終わると女性のサポーターがやってきて「誠君、これ裏着てるよ、表はこちらよ。きちっと着ましょうね」とか言いながら、また裸にされてやり直しされる……なんでやねん、せっかく苦労して着たのに…なんで裸にされるんや？　なんでやねん。

以前の施設と、ここの違いは売店がない事や。午前と午後と職員さんに連れられてパンを買って食べた、一番楽しい時間がここにはない。

午前十時に赤いイチゴジャムがたっぷり入った大好きなジャムパンを頬張り、口の周りは真っ赤になった。看護師さんがニッコリ笑いながらティッシュで優しく拭いてくれた、これってとても気持ちがよかった……う〜ん至福の時〜だったのに、ここではジャムパンも出ない。

午後三時には甘い黄色いクリームの入った大きなクリームパンを買った。ジャムパン同様、口いっぱいにほおばるクリームパンは美味かった。毎日売店に行く楽しみの時間、それがこの新しい施設では何故か売店がない。楽しみのないつまらない施設……なんでやねん、なんでこんな所に連れてこられなきゃならないのか？

ウンコも、トイレに行くと出し終わった頃に、いいタイミングでお尻を拭いてくれる。ペーパーに少し水分が含み、拭かれたとき少しヒヤッとするが、気持ちがトテモいいのだが、ここでは何故かタイミングが悪い、気持ちが悪い。もう終わったのや、早よ！拭いてや、もっと気持ちよく、しかし自分の声は届かない……なんでやねん、ちゃんとやってよ。

おしっこに行きたくても何処に行けばいいのか、どうしようと考えているうちに漏らしてしまった。

「うわ～大変、たいへんお漏らしや」慌てふためくサポーターの悲鳴が、ある時は心地よく感じたりする、そうかお漏らしすれば彼らが飛んできて世話してくれるのか？　サポーターが騒ぐのが、何故か？たまらなく楽しい……でついついまたまたお漏らし。

漏らせば自分を見てくれる、漏らすと直ぐ着替えを持ってきてくれて自分の体を拭いてくれる、これは気持ちがいい。自分を振り向いてくれることで、おしっこがしたくトイレに行かなくても、ついつい漏らしてしまう。

一日に十数回のお漏らし、着替えたと思ったら十数秒後にはまた漏らしてしまう。サポーターは「うわ~また漏らした」と自分が失敗したように言うが、決してそうばかりではないことをホンマに分かって欲しい。これって失敗したんと違うで……君らの困った顔を見てるだけや、僕にとって楽しい至福の時やで!

一番困るのはウンチである。一時は硬便で中々出すことが出来なかったが、最近は便通もよくなり、いい調子やったが、ここに来て又、元の木阿弥やった。自分が排便したいタイミングを分かってくれない。

小さい時から偏食や草、小石、衣類、髪の毛などを食べる異食行為でお通じが自然と悪くなり、硬便・コロコロ便・兎糞と言った便が二~三日おきに少ししか出ない。こんなことが長期に続いたため、硬い便に押され直腸の下のほうの粘膜が肛門外に脱出する「脱肛」という病気になった。

肛門の締まりが弱いためリングを挿入し肛門の締まりをよくする意味で手術をしたがこのリングのため便は益々出難くなっていた。

便を自力で出すことが非常に難しく、看護師さんがお尻から指を入れて、ほじくり出す摘便をしたりした。なんでも口に入れ食べてしまうので目も離すことが出来ない。便から木の枝が出て来たこともあったという。病院職員の献身的な努力・支援のおかげで、便秘という苦しい症状も少なくなり気分が良かったが、ここに来たらまた便秘になる、不快なことになった。

摘便も慣れない者がやると、これは結構痛い、もっと優しく出来ないのだろうか。ケツ（尻）を出して、指を入れてもらう行為がどんなに恥ずかしいことか、早く済ませてほしい、それを情け容赦なくグイグイ指入れられたらかなわんで。男性の指はごわごわして我慢できんし、女性の方は指が細い分少しは楽だが、病院の時とは、えらい違いや。

大好きなお風呂も前の施設では二日に一回と決められ、入浴時間は午前中が多いようだったがれんげの里では毎日夕方に入るようになった。

彼にとっては午前中から午後になったことは何故か理解できない。朝食を済ませ少し休むと入浴の時間だったがれんげの里では「お風呂にはいろ」と何時まで待っても言ってくれない。待ちくたびれて浴室に向かうと「誠ちゃんお風呂はまだ駄目よ、お風呂は夕方に入るのよ」と入浴を拒否される。「何でやね、病院に居る時はこの時間には入っていたのになんで、お風呂に入れないのや」この疑問をサポーターに頭突きでぶつける、時には頭にきてお風呂のガラスを全部割ってやった……なんでやねん、お風呂になんで入れへんのや……？

……と、ここまで誠君の気持ちになり書いてみたがサポーターにとってもこれは大変な仕事やった。

お風呂の説明も理解されず頭突きをされたり殴られたり、時にはガラス片が飛び散りまるで修羅場やった。

看護師さんも変わると摘便も少しでも苦痛を取り除いてやろうという気持ちがついつい力が入り強引に指を入れようと力を入れると、やられる誠君は、余りの痛さに「ぎゃー止めて」と言わんばかりに太ももに噛みついてきた。服を着替えている時に、何が気に入らんのか背中を嫌というほどたたかれた女性のサポーターもいた。

こんな話は日常茶飯事、毎日のように彼をサポートする担当者が被害にあった。頭突きや噛みつかれたり、背中を叩かれたりしながらサポーターもどうしたらいいのか、彼を理解し彼が快適に過ごしてもらうために、どうすべきかを、必死で探った。

身体中あざだらけになったサポーター数人が、毎日の彼の様子を報告し少しずつではあるが短針が時を刻むようにゆっくり、誠君もサポーターもお互いに理解し、関係の構築も出来ていったそうである。それは、長～い長～い時間と根気の戦いだった。

入所したころの記録を読んでみると一日の流れを彼が何となく、分かってきている様子が書かれている。

誠君が入所して一ヶ月が経った頃には、このれんげではお風呂は夕刻に入るものだと分かってきたようで「お風呂ちょっと待ってくれる」というサポーターの呼びかけに、おとなしく待ってくれるようになっていった。

その頃には女子職員に頭突きをかましてきたり、お風呂のガラスを叩き割ったりする行動は、ほとんどなくなっていた。

ただ朝、昼、夕の食事に関しては厨房から運んでくる食事を厨房の前まで出かけて、必ず見に行く行動があった。

彼の頭の中には厨房のおばさんがいつから食事を作るのかそれが知りたくて、夜中に何度も厨房に出かけ、朝まで眠ることなく厨房の前に立たずんでいることもしばしばあった。

誠君の支援をするためには、生活の流れを彼が理解できるようにしたい。こんな思いでサポーターは、みんなで知恵を出し合った。

誠君には誠君のリズムというものがある、それを大事にしなければならない、支援員の考えを押し付けるのであってはならない。

そんな考えで支援員たちは「れんげの里」入所前の病院での一日のリズムに出来る限り近づけたいと知恵を絞り次のような計画を立てた。

朝起きるとすぐヨーグルト（乳酸飲料）を飲みその後朝食、好き嫌いが多いのか初めのうちは環境の問題なのか食が細く、彼の好きなお菓子や、パン、カップ麺などで一日のカロリーを補うようにしたり、彼の好物の納豆やお茶漬けなど少しでも食事を摂取できるようにサポーターは頭をひねったそうである。

朝九時にトイレに必ず行く、何とか自力で排便が出来るように考える、彼が好きなもので植物繊維の多く含まれる食べ物を探したり乳酸菌飲料を取るようにしたり、医師から処方してもらった便秘に用いるレシカルボンという坐薬を排便の十分から二十分前にお尻に刺す、しばらくすると直腸の粘膜を刺激し、腸の運動を活発にし、自然と排便が行われる。

これらを根気よく続けた結果、四か月ほど経つと今まで摘便していたのがウソのように、自分でトイレに行き排便できるようになっていった。

しかし今日のように、サポーターがうっかりして、二〜三日硬便だったり便秘が続くと自力で出せない時も度々あり、サポーターに言ってくることもある。

トイレが終わると以前は売店でジャムパンを食べていたが、その代わりに十時ごろになるとジュースを飲んでもらうようにした。

午前と午後の日中活動にはサポーターと一緒に「れんげの里」の周りを散歩して、終わったらお菓子またはパンを食べるというようにした結果、お互いの関係も良好に構築されていった。

そして夕刻には、お風呂に入るという一日の流れを彼が少しずつ理解できるようになり、自分の要求が伝わりやすくなり、ストレスを感じることが無くなった結果、れんげの里での生活は徐々に快適な日になっていった。

第八章　俺の失敗

見習いサポーターの俺は、とにかく勉強、勉強の毎日である。

利用者さんを理解するためには支援をするにあたり、彼らが今までどのように育ち暮らしてきたか、周りの人はどのように関わってきたのか、どのような経過をたどって現在があるのかを知ることが大事だと、先輩のサポーターさんから繰り返し聞いた。

彼らはどんな方法で要求や訴えをするのか？　言葉がけで通じるのか、彼ら特有の意思伝達の方法があるのか、得意なことは何か？　苦手なことは何か？　刺激に反応しやすいのか？　感覚過敏などはないのか、パニックやてんかんの持病を持っているのか、体調が悪い時の信号は、食事や洗濯や掃除、日中活動など日常の彼らへのサポートだけでも目が回るほど忙しく、俺の実力ではもう限度精一杯なのに、どないして情報を掴めばいいのか、先輩に聞いてもこれという回答はない、自分で観察して情報を掴まなくてはならない。彼らの要求を待ち受けるのではなく事前に彼らに知らせるということが大変重要なポイントだった。

利用者さんそれぞれが持っている情報をいかに収集し掴むか、日々の彼らの取り組みをどんな細かいことも見逃さないように、どんな些細なことも、彼らが出す個性のある信号を見逃さないように俺なりにメモに取るようにしていた。二か月ぐらい経た時にはノートはあっという間に十冊ほどになっていた。

俺が描いていたれんげの里での利用者さんへの支援は想像よりはるかに難しく、学校で勉強したことがいかに参考にならないか、そんな甘いもんではないということを毎日のように思い知らされていた。

特に俺にとって比較的年齢が近い利用者さんの棟ということで、上手くコミュニケーションが取れるのではとの配慮があったのだろう、俺も同年代の人たちでもあり簡単に付き合いが出来るように思っていた……が、なかなかそうはいかなかった。

れんげの里「げんき棟」には通市出身のちょっとはにかみ屋で要求がある時は大きな声で呼んでくれる栗田君。同じく通市出身のシャイで静かにしているがちょっと目を離すともうどこかに行っている、落ちているゴミが大変気になり拾っては直ぐにゴミ捨て場に捨てに行く浦田君。玉置町出身でご両親ともに熱心で土曜日にはいつもご夫婦で迎えに来られる山口君、彼はとにかく動きが速い、俺もなかなか追いつくことが出来ない。南紀の出身で身体は大きいが、とてもおとなしく一日を部屋の中で静かに過ごしている北口君、金曜日の夕方に両親が迎えに来るのを今か今かと待っている。自分の息子の将来を考えた時、親亡き後も息子の将来を支えてくれるのはれんげの里しかないと考えて、遠き県外の尾張市から施設運動に参加し入所した、元気な岡田君という男の子。高田市出身まだ二十四歳の青年、少年の様に元気いっぱいで動きが速く活発、来場者を見つけると飛んで行って話しかける、目を離すと、もう何処にいるのか解らない川谷君など全員で十名。家にこもりっきりだった俺は動きが鈍く、走りも彼らより超遅い、いつもぜいぜい息を切らして彼らを追い求めているのは俺の方、お陰で先輩のサポータさんからいつも「何してるんだ、若いくせにがんばれ」と叱責ばかりされている。日が経つにつれて、ほんま自信がなくなってくる俺だった。

そんな情けない俺が失敗した例でこんなことがあった。

げんき棟の利用者でコーヒーが大好きな（自閉症の人たちは不思議とコーヒーが好きな人が多い）十名の利用者さんは、毎食後と三時のおやつ時には必ずコーヒーを飲むことになっていた。

たまたま三時前に先輩のサポーター山田大輔さんが管理棟に用事に行き三時を過ぎても帰ってこない日があった。

俺は何も考えず山田さんが帰ってくるまで用意もせずにボーッと、彼が来るのを待っていた。

北口君をはじめ何人かの利用者さんが「おやつ、コーヒー」と俺に向かって言ってきた。

俺は慌てて大きな声で、

「山田さんがもうすぐ戻ってくるので少し待ってな」とそう言って、みんなを待たせたがこれがいけなかった。

俺の言葉が分からないのか北口君と浦田君が「コーヒー」「コーヒー」と席を立って俺に詰め寄ってきた。

「ゴメンな、今、山田さんに連絡したから、もう戻ってくるから待ってな」という俺の言葉を聞いているのか聞いていないのか、何人かの利用者さんがガンガンと机を叩きながら、口々に、こう言った。

「三時、コーヒー飲む」と言いながら身体の大きい北口君が、俺の襟をつかみ殴ろうという真似をした。彼にとって、もう待てないのだろうか？　それとも俺の言葉が通じていないのだろうか？

「待って待って、山田さんもう来るから」俺は襟をつかんでいる彼の手をやさしく取り外しながら言った。

「ウオ〜、コーヒー」と彼は大きな声で叫びながら何度も叫んでいる。北口君も俺が言っていることが通じてないのだろう。こんな時どうすりゃいいのか、先輩たちはどうしているのか、本ではこんな時の対処法はどう書いてあったか、咄嗟に思い出すことは出来ない。

彼の頭突きをよけながら、俺は必死で同じ言葉を繰り返したが治まるどころか、ひどくなるばかりだった。

突然の彼らのパニックで俺の方が完全にパニックに陥っていた。声ばかり荒々しくなり、かえって彼らの怒りに油に火を注いだようになってしまった。

こうなるとパニックは二人だけではない、ほとんどの利用者さんが大声で叫んだり机をガンガン叩いたりしてしまった。新人の俺はこうなってしまうとどうすることもできず立ちすくんでしまった。


「ごめん、ごめんお待たせ……さあ、おやつ食べよう」と大きな声で山田さんが戻ってきて、何をしていいのか立ちすくんでいる俺に、

「相武君、早くおやつを皿にのせて」と指示をする。俺も慌てて、皿を十皿並べおやつを入れ始めた。

山田さんは、すぐにドリッパーにフィルターを乗せコーヒーの粉末を彼らが見えるように動作を大きくして、お湯を入れ始めた……騒いでいた十人の利用者さんの目は山田さんの手元に集中した。

パニックは一瞬にしておさまった。

琥珀色のコーヒーがそれぞれのカップに注がれ、リビングにアロマな芳しき香りが漂った時、いつもの「げんき棟」の穏やかなリビングに戻っていた。

一人一人個性のある青年たち、彼らの多くが不安な気持ちを何時も抱えているということを、俺はこの「れんげの里」に入って彼らと付き合うことで理解するようになっていった。

俺が失敗したコーヒー騒動（俺の中ではそう名付けている）も、彼らの不安を取り除いてやらなかったことが、大きなパニックの騒動となったのだろう。

自閉症の利用者さんの多くが、午後三時にはリビングでこの棟の皆と、席に座り、おやつとコーヒーを頂くということを理解していた。

「たかがコーヒー、されどコーヒーだ」

俺にとってコーヒーが少し遅れようが問題ない、しかし彼らにとっては重要かつ最も楽しい一時である。

ところが、その時の三時は、いつもと大きく違った。二人か三人いるサポーターも何故か俺だけしかいない、しかもいつものようにテキパキと準備をすめるではなく、ただ「待ってな、待ってな」と言っているだけで、自分たちの前におやつもコーヒーも並べてくれない。

「何時になったら並べてくれるのや、いつになったら食べれるのや」と聞いているのに、新人のしかも自分より若造のサポーターが「もう少し待ってな、待ってな」と言っているだけで、ぼさっと立っているだけや。

時計を見ると、時間はもう三時を過ぎているのに、おやつは何が出るかも分らん、ビスケットなのか、クッキーか、チョコレートなのか、それとも久しぶりに、おまんじゅうか、煎餅かな、……何やねん？　今日は、おやつは何やねん教えてよ、新人さん！　相武さん！

「今日のおやつは何〜」「何時何分になったらおやつになるの」と聞いてるのにこいつは、

「山田さんが来るまで、待ってな」というばかりや、こういうサポーターみると、イライラするわ……腹立ってきた。

まあ、そんなことやったのと違うだろうか、何時ものようにリビングで、いつもの時間に、何時ものコーヒータイムをすすめれば問題なかった、みんなをイライラさせることもなかった。

先輩のサポーターさんを見ていると、

「さあ今日はチョコレートとビスケットのおやつやで、今から用意するから待ってな」と言うと十枚のお皿を並べ、お皿一枚ずつに、チョコレート二枚とビスケットをゆっくりと置いていく。みんなの目はお皿にくぎ付けである。

お皿にお菓子を置き終わったら、みんなが座っている席に並べてやる、その仕事を俺がやらなくとも、そうすることでテーブルに並べるのを手伝ってくれる利用者さんが立ち上がる彼に「北口君並べて」と声をかけお願いすれば彼はみんなの前に並べてくれる。

山田さんがいなくとも、それぐらいのことは、俺がやればパニックにはならなかった。いつまでに帰って来るか分からない山田さんを待って何もしなかったことが大騒動になったわけだ。

まだまだ俺は彼らを理解できてないし勉強が足らぬ……反省することしきりである。

第九章　旅行の下見

新人サポーターも四か月目を迎えていた。

第二日曜日午前に行われる職員会議で八月の「れんげの里」恒例の日帰りワクワク旅行の日程と参加する利用者さんと付添いの職員が決まった。

参加する利用者さんは浦田君、岡田君、北口君、栗田君の四名、職員側は発案者の西哲史さんをリーダーに、大島さん、手島さん、それに俺が付添いとして入っていた。

手島早苗……手島早苗え〜……わぁ手島さんや！

俺が初めてこのレンチのサナを訪れた時、入り口の前で俺を事務所まで案内してくれた、ポニーテールの可愛い女の子。上はブルーのパーカーに下はデニムのパンツ。お世辞にもセンスがいいとはいえないが、何故か俺のハートをパクパクさせた。

遠く大阪から奥伊勢の「れんげの里」を志望したのは、この施設の理念がかっこよかったからやと自分で言ってはいるが、ホンマは手島さんと一緒に仕事がしたいと思ったのも、誰にも言えんがそれもある。

でも苦労して、めちゃ夜遅くまで勉強して、やっと「れんげの里」の職員となり「げんき棟」で毎日懸命に働きだすと目先の仕事に追われて、他の棟の人とは、なかなか話をする機会はない、たまに会ってもせいぜい挨拶ぐらいや。

手島さんと一緒に旅行に行けるなんて、入社して半年も経たないのに、なんとラッキー、何と幸せなことだ、そんなこと考えてると、ついついニヤニヤした顔になったのか。

「相武君何ニヤニヤしてるんや」と施設長の浩史さんから注意を受けた。

チャンスは比較的早くやってきた。職員会議の三週間後のある晴れた日のことだった。

西さんが俺に「相武君、明日申し訳ないが、堀坂市まで旅行の下見に行ってくれないか、手島さんも一緒に同行するのでよろしく頼むわ」という。「えーすげ～え依頼や！　俺にとっては、スゲ～エ、プレゼントや！」

利用者さんも一緒だけど寺島さんと旅行できるなんてなんてラッキーやと思っていたのに、二人で下見をして来いとはホンマ俺は何と幸せもんや。

利用者さんの三時のおやつの時間が済み、西さんから俺と手島さんに明日の件について話があった。

西さんが発案したプランの説明を受け、このプラン通り下見をして時間的に無理がないか、利用する場所や行動するときに危険はないか？　利用者さんは充分楽しんでくれるか？　などチェックして無理なところは変更するよう提案してくれというのがこの日の話であった。

西さんが書いた計画書を見るふりしながら俺は何度も何度も手島さんを見ていた。

「相武君わかったかい、君大丈夫か、頼むよ」西さんが俺をにらみつける。

「あ……はい」俺は何かよからぬことを考えているのではと勘ぐられたのではと、ヒヤッとしながら、返事が若干ずれてしまった。

それでも西さんも手島さんも明日の件で頭がいっぱいなのだろう。俺のよからぬことなど見つからずに済んだようである。

次の日、手島さんとのデートの日、……いや「ワクワク旅行の日」の下見の日である。

俺が運転手でナビゲーターが手島さん、日本〇〇整備事業から「れんげの里」に寄贈されたミニバン・セレナ。大阪にいる時は、お姉の軽自動車を運転していたため、初めのうちは軽の数倍あるセレナを運転するのが難しかったが、そこは若い俺の事、何度も国道四二号線を走っているうちにスイスイと走れるようになっていた。

下見当日の俺は朝からウキウキしていた、朝食の時、十人の利用者さんに配る朝食の御飯も一杯多く配るミスをしていたし、お茶っ葉の葉を入れず白湯のままで出してしまい「チャ」「チャ」と言われるまで気が付かなかった。

先輩の大島さんから「早苗ちゃんとデートだから気もそぞろやな」とからかわれた。

大島さんの隣にいた栗田君が「気もそぞろ、気もそぞろ」と俺に言うと利用者さんの何人かが、ケラケラ笑った。利用者さんも俺の心の中が分かるのかかなとドキッとした。

十時十分いつもよりお洒落して可愛く見える早苗ちゃんを、セレナに乗せると緊張してハンドルを持つ手がガタガタと震えた。

顔の強張りをいち早く見つけた西さんが「相武君リラックス」と声をかけてくれたのが、俺にとっては、よけい緊張することになった。

それでも大きく息を吸い込んで「れんげの里」を出発した。横にいる早苗ちゃんが

「相武君、今日はよろしくね。君もっとハンドルは軽く握るものよ」と俺の心を知る由もなく、上から目線で声をかけてくる、仕方がないわ、彼女は俺より三年も先輩なんだから。

手の汗をズボンで拭いて走り出す、瀧原宮から四二号線に出て蕎麦屋の店の手前から紀勢自動車道に入り勢和多気ＪＣＴから伊勢志摩自動車道に入り名古屋・四日市方面に向かう。

「相武君、次の堀坂インターで下りてね」と今まで、ず～と書類に目を通して黙っていた早苗さんが不意に言った。

「堀坂インターすっか」早苗さんに声をかけたが、彼女はまた書類の方に目を向けていた。

数分で堀坂インター着、ＥＴＣのゲートをくぐり市街に向かってまっすぐに走っていくとまた早苗さんから声がかかった。

「左側にベルファームって、看板があるから、そこへ入っていって」早苗さんの指示は何故かよそよそしい。

堀坂市にある「農業公園ベルファーム」はウイークデーの為か駐車場は数台の県外の車が停まっているだけでガラガラの空きようだった。

農業公園ベルファームは美しい庭園や地元の野菜や果物などを販売する産直市場、飲食店、土産物店などが集まる人気の観光スポットだそうだ。

車を降りて俺たちはワイワイ広場に向かった、早苗さんは相変わらず書類を見ながら時計で時間を計っているのか書類に何かを書きながら「いち……にい……さん」とぶつぶつ言いながら歩いていた。

「この広場でまずは休憩ね、この滑り台で遊ぶ利用者さんもいるかしら」と早苗さんは初めて書類から目を離し俺に声をかけた。

ベルファームのワイワイ広場には男の子と女の子、多分兄妹だろう。二人はキャア、キャア言いながら滑り台を何度も登っては滑り降りていた、直ぐ近くには二人の両親らしき人がニッコリと見つめていた。

おれも将来早苗ちゃんと、ここに来て……いかん、またまた俺のくだらない妄想が走る。

「相武君次に行くよ」妄想に浸っている俺に早苗ちゃんが俺を急かした。

「はい、はい」慌てて妄想を打ち消し早苗ちゃんの後を追う。

早苗ちゃんは右側にある池に向かって歩き出した。

「この池なんて言う池かな」俺が漠然と聞く。

「この池は四郷池《よごいけ》というそうよ、池の周りの遊歩道を通って学びの広場、癒しの広場を、ぐるりと回ってもう少し向こうにある鬼窪池から、こちらに戻ってくる。四人の足でのんびり歩いてどれぐらいかかるかしら」

そう言いながら早苗ちゃんは俺に書類を見せてくれた。そこには西さんが書いた計画書が書いてあった。

「この遊歩道を回った後、昼食ですか、何食べるんですか」恥ずかしい話だが俺のお腹はもう鳴り始めていた。

「ベルファームの向こうに『焼肉モー&ブー』ていうオーダーバイキングの店があるの、ここがお昼になりそうよ」焼肉と聞いてまた俺のお腹が鳴きだした。

「あらあら、よほどお腹が空いているようね、とにかく車でそこまで行きましょう」と早苗さんの指示で「焼肉モー&ブー」に出かけた。

「ここには野菜中心の『愛しの葡萄』というレストランもあるけど男の人だしやっぱり焼肉がいいのではって西さんはもう決めているようよ」

「そりゃやっぱり焼肉すよ、バイキングやし最高やないすか」

「じゃあパンフレット貰って行こうか」

「え〜っ、バイキングの下見は、ないんすか」

「バカね、あたりまえやない。下見でお金使ってたら浩史さんや関戸さんに大目玉よ」

「そっすよね、まあ今日は、焼き肉はあきらめて何か食べましょうよ。もう腹ペコで」俺は先ほどから鳴りやまぬお腹を押さえながらこう言った。

「じゃベルファームに戻ってワイワイ広場で弁当を食べましょうか、相武君は、昼食は用意してないでしょう」

「その辺のコンビニで買えばいいと思ったから用意はしてないす」

「そんな事だろうと思った。お昼ご飯、相武君の分も用意してきたから食べてね」

「え～っ、ホンマですか。うわ～感激！　頂きます」早苗さんが俺の為に弁当を作って来てくれた～♡　早苗さんの優しさに俺の感情が、ぐ～っと込み上げてきた。

早苗さん手作りのおむすびの中には浅蜊のしぐれと、梅干しが入っていた。おかずは卵焼きとシャケの切り身、ホウレン草のおしたしなど弁当の定番だが、どれもおいしい。

特に早苗ちゃんのあの可愛い手で握ってくれたお握り、朝早く起きて握ってくれたんや、俺はまるで夢を見ているように、目をつむって頂いた。

おにぎりの味は、薄い塩味で噛みしめていると甘みが、じわ～っと湧いてくるような、まるで口の中でゴンドラに揺られるような素敵な味だった。

こんな幸せが毎日続けばホンマいいなと思うが、今の俺には早苗ちゃんに口が裂けても言えないが、実績を積んだ暁には……しばらくは妄想や。

「相武君、何ニヤニヤ笑っているの」早苗ちゃんに言われてギクッとした、駄目だ！　こんな顔を彼女に見せては。

食事を食べ終わったのは一時過ぎ、次の予定地の中部大公園へ行く。ここでは芝生でのんびりするか、アスレチックのコースをみんなでやるのもいいねと二人でそのコースを回った。

早苗ちゃんと食事をとってから俺はやっと落ち着き、軽く話が出来るようになっていた。

第十章　父との別離

れんげの里に就職して早いもので二年を経過した夏の或る日のことだった。

施設長の浩史さんに呼ばれて管理棟の事務所に行くと……。

「相武君、急で悪いが明日の休日、何か予定が入ってるか?」と俺に質問があった。

「俺ですか、いや別にないっす」れんげの里に就職して以来、毎日が下宿先とれんげの里の往復で、たまの休日に隣町の道の駅にある三笑堂にＤＶＤを借りに行くぐらいである。

休みに彼女がいたら、もっと充実した休日を過ごすことが出来るのだが、俺の面相ではだれも相手にしてくれないだろうし、格好つけて仕事、仕事と自分に言い聞かせてきたような二年間だった。

「予定がないのなら相武君にぜひ頼みたい……実は本日、誠君のお父さんが亡くなったとの悲報が入った。お母さんの話だと葬儀はごく濃い身内だけの親族で質素に行いたいとのことだ。れんげの関係者も、そういう御意向なので誰も出席しない。『父親とのこの世での最後の別れでもあり誠にもぜひ参加させてやりたいと思いますが喪主である私は葬儀の進行や、お参りに来られたお客様との接待、今後の相談などで誠を見てやることがとても難しいので何かいい方法がないか』と私に相談があったので、『れんげ友の会』を利用したらと提案した。

家族葬とはいえ当日お母さんはとても忙しく誠君を見てやることは無理なこ

とだ。僕たちも何とか誠君にお父さんと最後の別れをさせてやりたい。そこでちょうど休日の君に申し訳ないが、誠君を伊勢の葬儀場に連れて行ってお父さんとの別れをさせてやってほしいんだ」

「えぇ～そんな……俺にですか……そんな重要な役を俺ができますか。彼が葬儀中落ち着いていてくれるでしょうか。悲しみのためや、よく分からなくてパニックでも起こったら俺一人で支えられるか、大丈夫か分からないっすよ」自信のなさそうな顔で俺は言う。

「君もここに来て二年間、誠君を始め利用者さんからの信頼を得ることが出来た、よくやってくれている。以前の誠君なら難しいかもしれんが、最近の彼を見ていると旅行など一緒に行っても全然問題を起こしたこともない。日頃、君と散歩に行ったり、彼との付き合いを見ていると大丈夫だと思う……。大丈夫や、あんまり難しく考えないで、横で彼に優しく寄り添って、一緒にお父さんの最後の別れに付き添ってやってくれたまえ。まあそんなことはないと思うが、葬儀中に彼がパニクるようだったら式場を出て、葬儀場の周りを、いつもの散歩のように付き添ってやればいい、大丈夫や」と言って浩史さんは俺の背中を押してくれた。

俺にとって責任ある仕事や。誠ちゃんに、この夜で最後の悔いのない別れをさせてやらねばいかんのや。俺が頑張るしかないか。

れんげの里には保護者の方が冠婚葬祭やその他の行事、病院に利用者さんが入院したときの付添いなど家族だけで何ともできない時、職員・保護者が互助の精神で助け合うことが出来る、「れんげ友の会」という制度がある。

今回の誠君のお父さんの葬儀参加には、この友の会を利用することになり、俺は会員として彼に付き添って支援する、少しでもお役にたってもらおうということである。

翌日の葬儀は午後一時三十分ということで誠君と俺は少々早い昼食を取り、れんげの所用車で十二時過ぎに南勢市に向かって出発した。

県道三八号線を南勢市に向かってひたすらアクセルを踏む、この日はウィークデーのためか対向の車は、ほとんどない。ドライブとしては最高で、ついついスピードが出てしまう。

この道は「げんき棟」の利用者さんと伊勢志摩地方にドライブしたとき何度も運転していて問題はない。

県道三八号線この県道は度会町に入る辺りからずーっと日本一水が綺麗といわれる清流・宮川に並行して走る、景色が良く、都会育ちの俺には、四季により周りの景色が変わるこの道路がとても好きだ。特に新緑が眩しい春先の景色は素晴らしい、新鮮で快調に走れる。

時々誠君が気になり横を見るが、彼はいつも通りドライブを楽しんでいる。誠君は今日のことを分かっているのだろうか。一応、リーダーの西さんが、お父さんが亡くなったこと、本日は俺と一緒に葬儀に行くことを言ってはあるのだが？

「誠ちゃん、お父さん死んじゃったんだって。大丈夫……悲しいな」俺は声を掛ける。

「カナシイナ……」心からそう思っているのやろか？　それともいつものオウム返しなのだろうか、何となく悲壮感漂う感じの声に俺の耳は聞こえてくる。

四十分ぐらいで県道二三号に入る、この信号を右折し南勢市の入り口にある度会橋を渡り十メートルぐらいを右折するともう葬儀場である。

「太田家式場」と表示された看板を確認して駐車場に入る。１００台ほど駐車できるスペースには数台の車しか置かれていない。時間がまだ早いからか、それとも親族だけで質素にと、お参りするお客様も少ないのかもしれない。そういえば簡単に引き受けてきたが、よく考えたら俺が葬式に参列するなんて今回が生まれて初めてのことや。作法やマナーも何も知らんし急に心配になってきた。

誠君を車から降ろすと、彼も初めての場所だろう、何となく尻込みしてるように見える。彼は仕方がないが俺まで尻込みしていては、頑張ろ～左の拳で小さくガッツポーズ。

葬儀の時間までにまだ四十分くらいある。取りあえずお母さんに挨拶しとこかなと尻込みする誠君の手を握り正門入り口の大きな自動ドアから葬儀場に入った。

受付らしき机の横で、憔悴した顔で誠君のお母さんと親族の人だろうか、数人で何か真剣に話し合っている。

「あっ、誠」お母さんが私たちの方を振り向いた。

「こんにちは、この度はご愁傷さまです」昨日、事務長の関戸さんから教わった挨拶をして香典を渡す。

「相武さんお忙しいのにごめんなさいね、今日はよろしくお願いします」

「相武さんも誠も、お父さんに会ってやってくださいね」と誠君のお母さんは、二人を霊場の中央に置かれたお棺の前まで案内してくれた。

お棺の窓から誠君のお父さんが合掌して安らかに眠っている。

誠君の右手を離し合掌すると、誠君はあまり見たくないのだろうか、二歩ほど下がったところで固まっていた。

「誠、お父さんよ」お母さんの声にまた一歩ほど後ずさりをする。

「誠ちゃん、お父さんに御挨拶しよう」とお棺に案内しようと彼の手を引っ張るが、何故か「嫌や！」と言ってるような、すごい力で、ずるずると後ろに下がってしまった。

「彼の心の中では、お父さんが亡くなったということを認めたくないのでしょうね」彼にとってあんなにやさしかった父親、ジュース・パンと言えばすぐにコンビニに走って行って、与えてくれたお父さん。ドライブで右へ行けと手で指すと右に進んでくれたお父さん。気に入らぬことがあり父の背を叩いたり、父の手に何度も噛みついても「どうしたんや誠、何して欲しいのや、どこか痛いのか」と優しく抱いてくれて頭を何度も撫でてくれたお父さん。僕にとっては最高のお父さん、どうして立ち上がって僕を「誠」と呼んでくれないのか。

何故、あんな箱の中に入っているのや、周りの人の何人かは涙を流している。お父さん目を覚まして、起きて僕をハグして、ジュースを買ってきて、お父さんどうして……？

午後一時半、静かに僧侶の読経と共に葬儀が始まった。誠君の胸の内を考えて俺は誠君と一番後ろの席で葬儀を見守ることにした。

意味の分からない僧侶の長い読経が始まり静かに時が流れる。しばらくすると関係者の方に促されて誠君の母親が立ち上がり一礼して霊前に御焼香に立つ。その後、親族の方の焼香が粛々と始まる。

いつもの誠君と違い今日は、母親や親族の焼香をじっと動かずに見つめていた。俺と握っている左手にどんどん力が入ってきた。

「痛っっ……!」彼が握る手の力で激痛が走り、思わず声が出てしまう。

「手、離してくれる?」声をかけ一度は手を離してくれたが、また俺の手を握り返す。よほど心細いのだろうか。

親族の人たちの御焼香が終わり係りの人が俺のところに来て「御焼香をどうぞ」と案内する。

「誠ちゃん、お父さんお参りしよ」と誠君を促すが、なかなか立とうとしない。

「お父さんのところへ行こう」何度も促してようやく誠君は立ち上がり、ゆっくりと祭壇に向かって歩き始める。

一緒に歩いている誠君の足に合わせる、わずかな距離なのにずいぶん長い距離を歩くようなスローモーションの世界があった。ゆっくりと、ゆっくりと。

早く歩こうにも誠君が俺の右手をしっかりつかみ後ろに引っ張るような仕草を何度もする。

「誠ちゃん、お父さんとのお別れや、御焼香しよ」と彼の耳で囁きながら、あまり力を入れずに前へと導く、やっとのことで焼香台にたどり着く。一礼して御焼香だが彼が俺の右手をしっかりつかんでいるので、しかたなく左手で抹香を掴み焼香を済ませる。

「誠ちゃん、ここへお線香上げてね」彼も俺の言葉が分かったのか、先ほどまでのご親族の仕草を見よう見まねで何とか御焼香を済ませた。

お父さんのお棺に一礼し後ろの席に戻り座っても、手を緩めることなく俺の右手をしっかり握っていた。

最後の俺達二人の御焼香も終わり、葬式は何事もなく無事に終わることが出来た。

「今日はありがとうございました。心配していた誠も、こんなにおとなしくしてるなんて、れんげの皆様のお陰です。本当にありがとうございました」

「誠ちゃんも今日がお父さんとの別れだと理解されていましたよ。私の手を見てください、すごく赤くなってるでしょう。式が始まるころから今までず～と私の手を握っていたんですよ、別れの悲しみは皆一緒なんですね」俺のお父んが、亡くなったのは中学一年の時やった。お母んも、お姉も読経と共に涙を流していたが俺は何もわからずにいたが、お父んの棺に花がいっぱい飾られ顔が見えなくなった時、これでお父んと此の世では会うことが出来ないと、そう思った時、悲しみが一挙に吹き出してお姉の手を、しっかり握っていたのを思い出した。

誠ちゃんが俺の手を握りしめていたのも多分俺と一緒やったのやろ。

お棺に色とりどりの花が飾られ「ファ〜」というクラクションのもと霊柩車がゆっくりと出発した。

誠君と俺はここでお別れすることにした。霊柩車が斎場の門を通り抜け車が見えなくなるまで二人とも佇んで見送っていた。

「れんげに帰ろうか」まだ動かずに立っている誠君を促し駐車場へと戻り車に乗る時、やっと誠君は俺の手を離してくれた。

帰りは同じ県道三八号線を遙宮町に向かって走る、度会町に入った頃から小雨が降ってきた。ウインカーを動かすほどでもない小さな雨粒、まるで誠君の悲しみに同情した天が涙雨を流すがごとく遙宮町に入るまでしとしとと止むことなく降り続いていた。

「れんげの里」に戻った誠君は、何時もならすぐに厨房の前まで行き食事の用意をしている職員を何時までも見ているのだが、この日は自分の部屋に閉じこもったきり全く出てこなかった。

心配になり俺や職員が彼の部屋を覗きに行ったが、静かに壁に向かって座っていた。彼の背中は小さく震え今にも泣きそうな感じだった。


その日の真夜中、午前二時頃のことだった。

げんき棟で宿泊していた俺は、この日の葬儀で疲れが溜まっていたのか、普段は寝つきの悪い俺だが十時に床に就くと深い眠りに入り午前〇時の点検にも目を覚ますことがなかった。

点検もせず熟睡していた俺だが、何となく近くで動物の唸るような奇妙な泣き声に目を覚ました。

遙宮町は奥伊勢の小さな村である。れんげの周りの山々にはイノシシ、鹿、猿、キツネ、狸など、いろんな動物が生息している。

これらの動物が時にれんげの里の広場に現れることもある、この泣き声はこれらの動物のものなのかと初めはそう思ったが、どうもそうではない。聞こえてくるのは外ではない。動物の鳴き声でもない、どうやら人間の泣き声である、それも俺が休んでいる、げんき棟の奥の方から聞こえてくる。

「うぉ～うぉ～うぉ～」何となく悲しそうな哀愁のある泣き声が、高くなったり低くなったり、奥の方から流れてくる。

初めは小さな声だったが、哀愁のある泣き声は身体の奥から絞るように徐々に大きくなっていた。

「そうか！　誠ちゃんの泣き声だ」そう思った俺はすぐさま誠君の部屋に向かった。彼の泣き声を聞きつけて、こんき棟に宿泊している坂田さんが駆けつけてくれた。

「あの声は……誠ちゃんの声だね」と坂田さんは俺に向かって問う。

「そうだと思います、今日お父さんと今生の別れをすませてきたから。今頃になって悲しみが増してきたのではないでしょうか」

「そうだよな。彼にとって一番尊敬する一番愛する、一番彼のことを思ってくれる、信頼できるお父さんが天国へ逝ってしまったんだからな。もうこの世では二度と会えないと彼もそれが分かってるんだよな」坂田さんの後について彼の部屋に入っていった。

彼は壁に向かって正座し「うぉ～うぉ～うぉ～」と哭き、時には自分の頭を壁に打ち付けていた。

俺が彼の行為を止めようとした時、坂田さんは俺の手を引き俺に向かって首を振った。

「今夜は好きなだけ泣かせてあげようよ。相武君が止めたって悲しみは止めることは出来ない、今晩は彼にとってお父さんとの別れや。彼なりにこの現実を受け止めるには、泣いて泣いて、もうこれ以上は涙も出ないというまで泣かせてあげよう」それだけ言うと坂田さんはこんき棟に戻っていった。

悲しい時は、好きなだけ泣くことや、大阪のお姉が親父が死んだとき言ったことを思い出した、人は遅かれ早かれ親と別れる時が来る。

悲しい時、男なら多分、俺なら酒を浴びて忘れようとするかもしれない。河島英五の「酒と泪と男と女」という歌を思い出した。

誠君の身体の中から絞るような泣き声を聞きながら、俺は河島英五のうろ覚えの歌を半分間違え編曲しながら口ずさんでいた。

忘れてしまいたいことや　どうしようもない寂しさに　包まれたときに男は

〜

酒を飲むのでしょう

〜

飲んで〜飲んで〜　飲まれて飲んで飲んで〜飲みつぶれて寝むるまで飲んで

〜

やがて男は静かに　寝むるのでしょう

忘れてしまいたいことや　どうしようもない悲しさに　包まれたときに男は

泪をみせるのでしょう

泣いて〜泣いて〜　ひとりで泣いて泣いて〜泣き疲れて　寝むるまで泣いて

〜

やがて男は静かに　寝むるのでしょう

職員ルームの天井を見ながら誠君の泣き声が子守歌となり、いつしか俺は、再び深い眠りの中に入っていった。

第十一章　エンディング

「れんげの里」を取り巻く山頂から屈折した光が、我が部屋に差し込み、鳥の声が俺の耳元にうるさく聞こえてきた。

「しまった寝過ごした、誠ちゃんはどうしてるやろ」時計はもう六時を過ぎていた。

寝衣から、あわてて作業着に着替え、誠君の部屋に飛び込んでいった。

夕べは誠君に付き合うつもりであったが不覚にも彼の泣き声が子守歌となり爆睡してしまった。

誠君は俺が爆睡していた時間、何をしていたのだろうか、どう過ごしていたのだろう、込み上げてくる悲しみを、誠君はどうしていたのだろうか。

「誠ちゃん」ドアをノックして彼を呼んだが答えがない、もう一度ノックしてノブを回しドアを開けた。

五畳ほどの部屋に蒲団だけが、無造作にたたまれ並べられていた。

慌てて彼の部屋を出て「げんき棟」の入り口に走った。

俺の爆睡中、何事もなかったのだろうか、俺にとって気が気ではなかった。

昨夜の悲壮な彼の泣き声に俺は彼の将来にどう付き合えばいいのだろうか、と思いながらも俺は無責任や、知らず知らずに眠りについていた。

「ホンマ俺はあほやで」

彼は何処に行ったのか「げんき棟」の前に立って彼を捜した。

「いた!」彼はいつもと変わることなく厨房の前に立ち、こんき棟の中川君と二人並んで厨房の中を覗いていた。

「誠ちゃん」俺は大きな声で彼を呼んだ。

彼は、俺の声に一瞬振り返り、あわてて右手に持っていた運動靴を履いて俺に向かってにっこりと笑った。

それは、いつも裸足を注意されている誠君のいつもと変わらぬ動作だった。

直ぐに誠君は俺が立っている「げんき棟」へ戻ってきた、そこにはあの悲しみに満ちた誠君の姿は、もうどこにもなかった。

あとがき

れんげの里が三重県の大紀町に設立されて二十数年が経った。その間、時代はどんどん変わってきた。少子化問題から来る人手不足は特に福祉関係の施設では深刻な問題である。

一人でも多くの方がこの物語の主人公のように福祉の路に誇りをもって歩んでいってほしいものである。

本年私の友人から腰塚《こしづか》勇人《はやと》氏の「五つの誓い」というポエムを教えてもらった。

●口は人を励ます言葉や感謝の言葉を言うために使おう。
●耳は人の言葉を最後まで聴いてあげるために使おう。
●目は人のよいところを見るために使おう。
●手足は人を助けるために使おう。
●心は人の痛みがわかるために使おう。

この五つの誓いは、多くの若者が福祉の路を歩む時、この仕事に誇りを持ち、障がい者の方が楽しく明るく幸せに生活できるようにとの支援の心掛けとして、とても大切な言葉であるように思われる。

この仕事に携わる方が、いつまでもこの言葉を忘れずに障がい者の人達と共に歩んでいって欲しいと思っています。

著者プロフィール

宮本 隆彦（みやもと たかひこ）

【生年月日】 昭和18年7月24日（81歳）
【出身・現住所】 三重県松阪市
【性格】 顔に似合わず穏やかで優しいネ、とよく言われる
【モットー】「おたがいさま」の理念をかかげて、障害のある人達が自らの能力を活かし笑顔がこぼれる人生を歩むことができるように支援していきたい
【今までの実績】 京都（繊維販売会社）、大垣（繊維会社）、名古屋（薬品会社）、三重県（薬品会社）を経て2006年7月退社し現在無職
自閉症者入所（福祉法人）おおすぎ設立運動
【趣味】 歴史研究、講談、読書
【好きなこと】 小学校同窓会会報編集、中学校同窓会会報編集
【現在の活動状況】 翔の会副会長、れんげの里連合保護者会会長、社会福祉法人おおすぎ評議委員　鈴鹿まほろば相談役
【著書】『陽だまりを求めて』（2020年、文芸社）、『陽だまりの中のよっさん』（2023年、文芸社）

陽だまりの中の俺!!　もっか奮闘中！

2025年 3 月15日　初版第 1 刷発行

著　者　宮本 隆彦
発行者　瓜谷 綱延
発行所　株式会社文芸社
〒160-0022　東京都新宿区新宿1－10－1
電話 03-5369-3060（代表）
03-5369-2299（販売）

印　刷　株式会社文芸社
製本所　株式会社MOTOMURA

ISBN978-4-286-26220-8　　JASRAC　出2410122－401